KB113897

Return of the

용병귀환

유왕 판타지 장편 소설

Mercenary

FANTASY FRONTIER SPIRIT

용병귀환 5

유왕 판타지 장편 소설

초판 1쇄 찍은 날 § 2015년 8월 25일
초판 1쇄 펴낸 날 § 2015년 9월 1일

지은이 § 유왕
펴낸이 § 서경석

편집부장 § 권태완
편집책임 § 한준만
디자인 § 신현아

펴낸곳 § 도서출판 청어람
등록번호 § 제387-1999-000006호
등록일자 § 1999. 5. 31
어람번호 § 제1-2212호

주소 § 경기도 부천시 원미구 부일로 483번길 40 서경B/D 3F (우) 420-822
전화 § 032-656-4452 팩스 § 032-656-4453
http://www.chungeoram.com
E-mail § chungeorambook@daum.net

ISBN 979-11-04-90383-0 04810
ISBN 979-11-5681-958-5 (세트)

Return of the Mercenary

of the

Mercenary

FANTASY FRONTIER SPIRIT

용병귀환

유왕 판타지 장편 소설

5
[완결]

도서출판 청람

CONTENTS

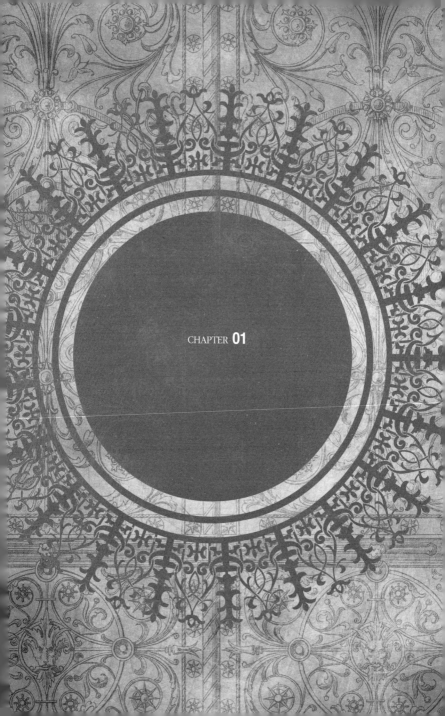

CHAPTER **01**

루슬릭의 앞으로 한 명의 중년인이 나타났다.

루슬릭보다 조금 더 큰 키에 떡 벌어진 어깨, 용병들이 흔히 입는 갑옷을 입은 중년인은 다부진 몸과는 달리 얼굴은 조금 나이가 들어 보였다.

이 자리에 있는 용병 중 그의 얼굴을 모르는 이는 없었다.

몰라서는 안 되었다. 용병이라 한다면 그의 얼굴을 모를 수가 없었다.

용병왕.

갑작스럽게 루슬릭을 비롯한 용병들과의 싸움에 끼어든 중년인의 정체였다.

"영감이 여긴 왜 왔어?"

겉으로 보기에는 중년에 불과했지만, 실제 그의 나이는 노인이라 불러야 할 만큼 많았다. 겉으로 보이는 모습이 젊어 보이는 까닭은 그가 그만큼 높은 경지에 도달했기 때문이다.

"난 여기 있으면 안 되나?"

"아랫것들 부려먹으면서 편히 뒤에서 쉬고 계시지. 당신, 쉰 지 꽤 됐잖아?"

용병왕이 마지막으로 전선에서 활동하던 게 언제였던가?

적어도 루슬릭의 기억에는 없었다. 그가 용병으로서 활동하던 기간이 이십 년에 가까웠지만 용병왕은 단 한 번도 의뢰를 맡지 않았다.

그를 움직이기 위해 각 왕국에서 들인 돈만 해도 천문학적이다. 하지만 그 어마어마한 의뢰금에도 용병왕은 로열 나이트 용병을 움직였을지언정 스스로 움직인 적이 없었다.

즉 그는 용병 왕국을 건국한 이후 단 한 번도 의뢰를 맡은 적이 없다는 뜻이다. 달리 말하자면 용병 왕국 밖으로 나온 적이 없었다.

그런 그가 용병 왕국이 아닌 안데르센 왕국에 나타난 것이다.

"영감, 진짜 작정한 거요?"

"전에 말하지 않았느냐?"

안톤 제국을 도와 대륙을 일통하겠다. 그로 인해 용병 왕국을 역사에 남기고 용병들의 인식을 기사들과 같은 수준까지 끌어올리겠다.

그것이 바로 용병왕의 목적이었다.

분명 대륙 일통은 역사의 한 획을 그을 만한 일이다. 그중 안톤 제국을 도운 왕국이 용병 왕국뿐이라면 훗날 안톤 제국이 일통한 대륙에서 용병 왕국의 인식이 어떻게 변할지는 불 보듯 뻔했다.

물론 그 과정에서 흘리게 될 피는 말할 필요도 없었다. 대륙을 일통하려는 시도는 지금껏 역사 속에 수도 없이 많았으니까.

"루슬릭, 정말 함께하지 않겠느냐?"

용병왕은 다시금 루슬릭에게 손을 내밀었다.

그에게 있어서 루슬릭의 존재는 더더욱 남달랐다. 루슬릭이 로열 나이트 용병을 그만두고 고향으로 돌아간다고 했을 때에도 용병왕은 속으로 적잖이 아쉬워했다.

루슬릭, 그는 나이에 비해 너무나도 뛰어났다.

실력뿐만이 아니었다. 밑의 사람을 이끄는 통솔력이나 의뢰를 성공으로 이끄는 능력 등 그 모든 것이 용병왕이 아는 모든 용병 중 최고였다.

어쩌면 훗날 용병왕 자신의 뒤를 이을지도 모를 재목.

그것이 바로 루슬릭이었다.

"엿이나 까 잡숴."

루슬릭은 씩 웃으며 거절했다.

루슬릭의 고향은 제라스 왕국에 있었다.

안톤 제국이 대륙을 일통하려 한다면 결국 제라스 왕국과도 부딪치게 될 것이다. 적어도 루슬릭은 안톤 제국의 야망과는 배를 함께 탈 수 없었다.

그리고 그 배에 타게 된 용병왕과도 역시 함께할 수 없었다.

"……역시 그렇구나."

용병왕은 아쉬움을 감추지 못했다.

루슬릭과 함께라면 이 전쟁에서 흘리게 될 피도 훨씬 더 적어질 것이다. 굳이 자신이 이렇게 나설 필요도 없었을 것이다.

"오른쪽 어깨가 문제인 모양이지?"

용병왕의 물음에 루슬릭이 눈살을 찌푸렸다.

"그런데?"

"싸우겠느냐?"

"……안 싸우겠다면 보내줄 건가?"

루슬릭은 자신의 상태를 알고 있었다. 체력도 꽤 떨어졌고 오른쪽 어깨의 부상도 무시할 수 없는 상태였다.

이런 상태에서 용병왕과 싸워 이길 수 있으리라고는 생각하기 어려웠다.

용병왕은 루슬릭이 용병 왕국에 있을 때 그의 왕이자 루슬릭을 이 자리까지 오게 만든 스승 같은 존재였다. 그에게 직접 몇 수 지도를 받은 적이 있는 루슬릭은 알고 있었다.

용병왕이 얼마나 괴물 같은 실력을 지녔는지를.

그는 제아무리 루슬릭이라 하더라도 승패를 장담할 수 없는 상대였다. 아니, 멀쩡하더라도 이길 가능성보다는 질 가능성이 더 높았다.

하물며 몸이 부상이 다 낫지 않은 지금이야 말할 것도 없었다.

"글쎄. 아무래도 넌 여기서 잡는 게 좋겠군."

"그럼 싸우겠냐고 왜 물어?"

"하하, 그러게 말이다. 그래도 걱정 말아라. 넌 나 혼자서 상대할 테니."

루슬릭도 용병왕이 다른 단원과 합공할 것이라고는 생각하지 않았다. 그러기에는 그의 자존심이 용납하지 않을 테니까.

용병왕은 용병이라지만 한 나라의 왕이라는 위치에 있는 인물이다. 스스로의 실력에도 자부심이 높았고 무엇보다 상대가 루슬릭이라는 점이 가장 큰 이유였다.

루슬릭은 용병왕이 유일하게 인정하는 용병이었다. 용병왕의 성격상 루슬릭을 상대로, 그것도 부상을 입은 루슬릭을 상대로 치졸하게 합공을 펼치지는 않을 것이다.

"그거 참 고마운 소리네."

한숨을 푹 내쉬며 루슬릭이 검을 들었다. 검을 든 손은 왼손이었다.

"한 가지만 물어봅시다."

"뭐지?"

"렝이 죽었으니 이제 실질적으로 용병들을 움직이고 있는 건 영감이겠지?"

"그렇지."

"그럼 애들이 아직까지도 선봉에 서 있는 것도 당신 생각인가?"

직접 자신의 검으로 단원들을 죽였고 전부 죽이려고 했지만 그렇다고 해서 루슬릭이 단원들을 아끼지 않는 건 아니었다.

가능하다면 그들이 이 전쟁에서 빠졌으면 했다. 이런 큰 싸움의 선봉에 서서 안톤 제국의 도구가 되어 죽는 것을 원치 않았을 뿐이다.

그리고 그것을 원치 않았기에 렝을 죽였다. 용병왕이라면 저들을 이렇게 쓰지 않으리라고 믿었기 때문에.

하지만 지금 이 자리에는 안톤 제국의 선봉으로 루슬릭의 옛 단원들이 있고 용병왕이 있다. 그렇다면 용병왕이 그들을 선봉에 세워두었다는 뜻이기도 했다.

아니나 다를까,

"저들이 선봉에 서야 이 전쟁이 수월해진다."

"대륙이 움직이는 싸움의 선봉에 선 용병들이 마지막까지 살아남을 수 있을 것 같아?"

"힘들겠지. 하지만 불가능하진 않네."

"그래, 불가능하진 않겠지. 그딴 게 있을 리 없으니까. 하지만 힘들다는 건 확률적으로 극악하다는 소리 아니야?"

"루슬릭, 네가 있다면 가능하다."

용병왕의 말에 루슬릭은 입안에 머금고 있던 침을 용병왕이 있는 방향으로 뱉었다.

"퉤. 엿이나 까 잡숴."

기분이 나쁠 법도 하지만 용병왕은 오히려 부드럽게 미소를 지었다. 그는 검을 아래로 내리며 말했다.

"나랑 내기 하나만 하지 않겠나?"

"내기? 뭔데?"

"네가 이기면 용병 왕국은 이 전쟁에서 빠지도록 하마. 대신 내가 이기면 네가 저들을 다시 이끌어라."

용병왕의 제안에 루슬릭의 눈이 동그랗게 떠졌다. 단원들을 비롯한 용병들 사이에서도 술렁임이 커졌고, 안톤 제국 진영도 마찬가지로 소란스러워졌다.

"그게 무슨 소리입니까, 용병왕!"

안톤 제국의 귀족 하나가 용병왕에게 다가와 소리쳤다. 그의 귀에는 다른 이야기는 들리지 않고 용병 왕국이 전쟁에서 빠지겠다는 소리밖에는 들리지 않았다.

"이건 이야기가 다르지 않소!"

"걱정 말게. 난 절대 지지 않을 테니."

용병왕의 대답에도 안톤 제국의 귀족은 계속해서 얼굴을 붉혔다.

"혹시 지기라도 한다면······."

"날 의심하는 겐가?"

용병왕의 물음에 그는 어떤 대답도 할 수 없었다.

당연했다.

그는 용병왕이었다. 평민의 신분으로 태어나 그 누구의 가르침도 없이 독학만으로 용병 중 최고가 되었고 그를 따르는 용병들을 데리고 하나의 왕국을 건립한 존재이다.

대륙 제일의 검사를 거론할 때 제일 앞에 이름을 올리는 존재인 것이다.

더군다나 상대는 부상까지 입은 상태.

여기서 용병왕의 승리를 의심하는 것은 그의 자존심을 긁는 것밖에 되지 않았다.

"……반드시 이겨야 할 것이오."

"아무렴."

뒤로 물러나는 귀족을 보던 용병왕이 다시금 루슬릭에게로 시선을 돌렸다.

"어떤가? 할 텐가?"

"……."

루슬릭은 고민에 빠졌다.

어차피 이 자리에서 용병왕과 싸울 수밖에 없었다. 싸우다 진다면 죽을 것이고, 이긴다 해도 용병왕을 죽였다는 것 외에는 달라지는 게 없을 것이다.

하지만 내기를 받아들인다면?

'지더라도 죽지는 않겠지.'

용병왕은 루슬릭을 죽이고 싶어 하지 않았다. 오히려 어떻게 해서든 그를 끌어안고자 했다.

하지만 그것도 루슬릭을 품에 둘 수 있을 때의 이야기였다. 만약 그가 끝까지 적이 되고자 한다면 결국 죽이려 할 것이다.

'이길 수만 있다면······.'

아무리 부상을 입었다 해도 루슬릭은 승산이 아주 없다고는 생각하지 않았다.

용병왕의 실력이야 잘 알고 있다. 자신이 부상을 입었다는 것도 사실이다.

하지만 용병왕 그는 나이가 있었다.

그가 용병 왕국을 건립했을 때의 나이가 쉰이었다. 그리고 그로부터 이십 년이 넘는 세월이 흘렀다.

아무리 용병왕이라 하더라도 세월을 이길 수는 없었다. 겉으로 보기에는 정정하지만 그보다 훨씬 젊은 루슬릭이다.

이길 수만 있다면 용병 왕국은 이번 전쟁에서 빠지게 될 것이다. 그것이야말로 루슬릭이 생각하는 최고의 시나리오였다.

"받아들이지."

"약속은 지키리라 믿는다."

"용병에게 가장 중요한 건 실력이 아닌 신용. 맞지?"

"그렇지."

용병에게 있어서 신용이란 그 무엇보다 중요했다. 아무리 실력이 있어도 신용이 없다면 의뢰를 받지 못했다.

그리고 그것을 뼛속까지 새기고 있는 루슬릭과 용병왕이

다. 그런 두 사람이 한 번 한 약속한 것을 어길 일은 없었
다.

"자, 그럼……."

루슬릭이 검을 들어 올림과 동시에 지면을 박찼다.

"시작!"

쾅―!

흙먼지가 일어나며 루슬릭의 몸이 허공으로 날아올랐다.
용병왕은 반응하지 않고 루슬릭이 달려들 때까지 그 자리
를 지켰다.

그리고 두 사람이 격돌하는 순간, 용병왕이 내려놓았던
검을 들었다.

쩌엉―!

두 사람의 검이 부딪치며 왕국 연합 측과 안톤 제국 측
전체에 검파가 퍼졌다. 검과 검이 부딪치는 소리가 귀를 찔
렀다.

"이건……."

"한 차례 충돌만으로?"

"잠깐, 어디로 갔지?"

그 둘의 싸움을 지켜보던 병사들은 갑작스레 루슬릭과
용병왕의 모습이 사라졌음을 깨달았다.

한 차례의 충돌과 동시에 루슬릭과 용병왕은 그 자리에

서 사라지고 없었다. 어지간히 실력이 뛰어난 이들이 아니고서는 둘의 움직임을 눈으로 좇지도 못한 것이다.

쩌엉—!

깡, 까강—!

멀리 떨어진 곳에서 검과 검이 부딪치는 소리가 들렸다. 몇몇 사람의 시선이 그곳으로 향했지만 또다시 그곳에 두 사람의 모습은 없었다.

"……막장이군."

"저렇게 싸울 수도 있나?"

루슬릭과 용병왕.

두 사람 모두 인간의 한계를 아득히 초월한 검사이다. 감히 대륙 제일을 논할 만한 실력자들의 싸움은 어디에서도 쉽게 볼 수 있는 것이 아니다.

루슬릭의 옛 단원들 역시 그 두 사람의 싸움을 멀리서 지켜보았다. 그들은 거리가 꽤 떨어져 있는 탓에 겨우 두 사람의 움직임을 눈으로나마 좇을 수 있었다.

"아직도… 저런 힘이 남아 있었나?"

토르가 용병왕과 싸우고 있는 루슬릭을 바라보며 중얼거렸다.

직접 맞붙을 때에도 놀랐지만, 비슷한 실력을 가진 상대와 싸우는 모습을 보곤 또다시 놀랐다. 더군다나 부상을 입

은 상태에서 자신들과의 싸움 직후에 저런 움직임을 보여
준다는 것은 경악할 만했다.

그는 드디어 확신할 수 있었다.

"끝까지 갔으면 웃는 건 단장이었겠군."

루슬릭과 용병왕의 싸움.

당연히 토르는 용병왕을 응원함이 옳았다.

하지만 이상하게도 토르는 누구를 응원해야 할지 갈피를
잡을 수가 없었다.

＊　　＊　　＊

쩡, 까가가가각—

두 사람의 검이 부딪치고 검날이 서로를 긁었다. 베듯이
상대의 검날을 긁자 두 사람의 검이 다시금 떨어져 나갔다.

챙—!

루슬릭과 용병왕, 두 사람은 누가 먼저라고 할 것 없이
튕기듯이 서로 물러났다. 싸움이 시작되고 십여 분이 지난
후에야 처음으로 소강상태에 접어든 것이다.

"영감님, 아직 팔팔하시네?"

"오래 쉬어서 실력이 녹슬지 않았을까 했는데 걱정하지
않아도 되겠구나."

"요즘 좀 일이 많아서 말이지."

안데르센 왕국에서의 싸움, 그리고 용병 왕국에서의 싸움.

그것은 루슬릭의 감각을 다시 되살리기에 충분했다. 특히나 로열 나이트 용병들과의 싸움은 예전 루슬릭의 감각을 완전히 되찾게 만들어주었다.

"그러는 영감님이야말로 쉰 지 오래되셨을 텐데?"

"걱정 마라. 검을 놓은 적은 없으니."

루슬릭도 알고 있었다.

용병왕, 그는 정말로 검에 미친 검사였다. 하루 종일 검을 휘둘러도 지친 기색 없이 웃으며 다시 검을 휘두를 수 있는 인물이었다.

실전 감각은 떨어졌을지언정 검을 휘두르는 감각은 여전했다. 물론 실전 감각에 있어서는 루슬릭이 조금 더 나았지만 말이다.

'문제는 저 영감이 나보다 세다는 거지.'

아무리 실전 감각이 있다고 해도 용병왕의 실력은 객관적으로 볼 때 루슬릭보다 한 수 위였다. 지금껏 루슬릭이 그와 대등하게 싸울 수 있던 것은 어디까지나 기교에 불과했다.

기교.

그것이야말로 루슬릭의 최대 장점이었다.

루슬릭은 단순히 실력이 뛰어난 검사가 아니었다. 그의 검술은 정해진 틀이 없고 자유로웠다. 그리고 그 때문에 여러 가지 상황에 유연하게 대처할 수 있었다.

체력이 바닥나도, 자신보다 강한 상대와 싸워도 루슬릭은 항상 이겨왔다. 바로 자신의 이런 장점을 이용해서 말이다.

'문제는 그런 게 통할 상황이 아니라는 건데…….'

루슬릭은 자신의 오른쪽 어깨를 힐끔 내려다보았다.

왼손과 오른손 모두 사용이 가능한 루슬릭이다. 그 때문에 왼손으로 검술을 펼쳐도 큰 문제는 없었다.

하지만 오른쪽 팔과 어깨는 왼손만으로 검을 휘둘러도 검술을 펼치고 움직이며 균형을 잡는 데 필요했다. 움직이면 움직일수록 부상이 덧나는 것은 어쩔 수 없었다.

무엇보다 아직까지 용병왕은 루슬릭의 오른쪽 어깨를 노리지 않고 있었다.

한쪽 팔이 부자연스럽다는 것은 분명한 약점이었다. 하지만 용병왕은 그런 약점을 모르는 것처럼 자연스럽게 루슬릭을 상대했다.

여유가 있다는 것이다. 약점을 노리지 않더라도 루슬릭을 충분히 제압할 자신이 있다는 것이다.

하지만 언제라도 그는 상황이 불리해진다 싶으면 루슬릭의 약점을 노려올 게 분명했다. 그리고 루슬릭은 거기까지 염두에 두며 싸움에 임해야 했다.

"영감님."

루슬릭은 검을 양손으로 잡았다.

"이제 좀 달라질 거요."

파팟―!

루슬릭의 몸이 앞으로 튀어나갔다. 잔상이 보이는 것 같은 착각이 들 만큼 빠른 움직임이었다.

방금 전과는 달리 용병왕은 그런 루슬릭을 기다리지 않았다. 마찬가지로 양손으로 검을 잡으며 루슬릭을 향해 달려들기 시작했다.

쩌어엉―!

검과 검이 부딪치며 굉음을 터뜨렸다. 오른쪽 어깨에서 느껴지는 통증에 루슬릭은 눈살을 찌푸렸다.

"왜 굳이 양손으로 검을 잡았지? 그런 도발은 별로 좋을 게 없을 텐데?"

용병왕은 루슬릭이 굳이 양손을 사용하며 검을 잡은 이유를 물었다. 지금껏 장단에 맞춰 한 손만으로 검을 잡았지만, 루슬릭이 먼저 양손을 사용한다면 용병왕 역시 그리할 수밖에 없었다.

"이러려고."

쉬익―!

퍼억―!

"으음!"

루슬릭의 다리가 용병왕의 허벅지 아래를 강타했다. 용병왕은 휘청거리려는 다리에 힘을 주며 버텼다.

양손으로 검을 잡은 것은 속임수. 검에 변화를 주려는 척하면서 다리를 이용한 것이다.

"좋구나!"

용병왕은 루슬릭의 다리를 신경 쓰지 않고 그대로 검으로 밀어붙였다. 양손을 사용한 만큼 힘이 더 많이 들어갔고, 오른쪽 어깨를 다친 루슬릭은 그만큼 힘이 덜 들어갈 수밖에 없었다.

루슬릭은 몸을 뒤로 빼며 용병왕의 검을 흘려보냈다. 그러면서 다시 한 번 다리를 뻗었다.

뻐억―!

루슬릭의 다리가 용병왕의 가슴을 강타했다. 용병왕의 몸이 뒤로 주춤 밀려났다.

"제법 맵구나."

"……영감, 평소에 운동 열심히 하시나 봐?"

루슬릭은 용병왕이 큰 충격이 없어 보이자 아쉬운 투로

물었다.

어지간한 바위도 부술 만한 위력으로 찼지만 용병왕은 멀쩡해 보였다. 물론 완전히 멀쩡하지는 않겠지만 이 정도로는 큰 영향을 줄 수 없었다.

검술과 함께 육탄전. 루슬릭이 생각한 변수였다. 동시에 용병왕과 그의 차이점이기도 했다.

용병왕은 한평생 검을 잡아온 검사였다. 물론 검사이면서 여타 다른 무기도 다룰 수 있는 재주가 있었다. 그 역시 용병이었으니 말이다.

하지만 오랜 시간이 흐르면서 그는 오직 검술에만 열중했다.

반면 루슬릭은 불과 얼마 전까지만 해도 숱한 전장에서 싸워왔다.

검이 없으면 창으로, 도끼로, 활로, 어떤 무기든 그의 손에 들리기만 하면 그만이었다. 그는 모든 무기를 다룰 수 있었다.

양손 격투술과 각투술 등 무기가 없을 때 싸울 수 있는 여러 육탄전을 고려한 무술도 익히고 있었다. 그리고 그것이 바로 루슬릭의 싸움 방법이었다.

검술만으로 변수를 줄 수 없다면 다른 방법을 택한다.

루슬릭은 용병왕을 상대로 자신의 모든 것을 쏟아 부을

참이다.

"격투술이라……. 그러고 보니 네 특기는 검술 하나만이 아니었지?"

"그러는 영감은 검술 말고는 할 줄 아는 게 없지?"

"없지는 않지만 너처럼 뛰어나지는 않다."

파앗—!

그 순간 용병왕이 움직였다. 싸움이 시작된 이래로 용병왕이 먼저 움직인 것은 처음이었다.

"하지만 검술은 너보다 더 뛰어나지."

까앙—!

양손으로 휘두른 검이 루슬릭의 검 위를 두드렸다. 루슬릭은 황급히 검을 들어 용병왕의 검을 흘려보냈다.

"거 영감, 팔팔하시네!"

쐐애애액—!

루슬릭의 다리가 움직였다. 용병왕은 상체를 낮춰 루슬릭의 발길질을 피해냈다. 루슬릭의 발이 이번에는 용병왕의 얼굴을 노렸던 것이다.

한 번 발길질을 피해내자 루슬릭의 자세에 틈이 생겨났다. 그리고 그것을 용병왕은 놓치지 않았다.

뼈억—!

"크읍."

오른쪽 옆구리를 얻어맞은 루슬릭이 얼굴을 구기며 뒤로 물러났다. 육탄전이 가능한 건 루슬릭만이 아니었다.

뻐억―!

그 직후, 루슬릭의 다른 한쪽 다리가 용병왕의 얼굴을 강타했다. 짧은 사이, 두 사람은 동시에 서로 떨어지며 다시금 거리를 벌렸다.

"카악, 퉤."

루슬릭은 속에서 올라온 핏물을 뱉어냈다. 용병왕은 틀어진 턱을 한 손으로 맞추며 고개를 돌렸다.

"어떠냐? 나도 주먹 좀 쓰지 않느냐?"

"또 그러다 턱 돌아갑니다, 영감."

타닥―!

쨍―! 카카캉―!

다시금 두 사람의 검이 얽혀들었다. 루슬릭은 왼손 하나로 검을 휘두르고, 용병왕은 오른손으로 검을 휘두르며 힘을 실어야 할 때 양손을 이용했다. 루슬릭은 부족한 힘을 격투술로 보완했다.

욱씬.

오른쪽 어깨의 통증이 슬슬 더해갔다.

왼손으로 검을 휘두르는 게 문제가 아니었다. 싸움이 길어지고 격렬해질수록 점점 더 오른쪽 어깨에 가해지는 부담이 커졌다.

쩡—!

"으음……."

루슬릭은 저도 모르게 입에서 새어 나온 신음성에 눈살을 찌푸렸다. 오른쪽 어깨의 부상이 점점 더 심해질수록 힘에서도 밀리고 있었다.

쨍, 쨍, 쨍—!

검이 깨어져 나가는 소리가 연달아 터져 나오며 루슬릭이 계속해서 뒤로 밀려났다.

'이 영감님, 장난 아니게 팔팔하시네.'

용병왕의 실력을 얕잡아본 것은 아니다. 하지만 그렇다고 해서 이렇게까지 밀릴 것이라고는 생각하지 않았다.

실력 면에서는 용병왕이 한 수 위일지 모르나 루슬릭과는 달리 그는 오랫동안 전선에서 물러나 있었기 때문이다. 반면 루슬릭은 지난 수십 년 동안 죽을 위기 가운데서 무수히 많은 실전을 치러왔다.

그럼에도 용병왕과의 격차를 좁히지 못한 것은 부상도 부상이지만 용병왕의 실력이 녹슬지 않았기 때문이다. 지금 당장만 해도 용병왕은 루슬릭을 상대로 시종일관 여유로웠다.

"어깨가 많이 아픈 모양이구나."

쉬익—

쩡—!

용병왕의 검이 루슬릭의 오른쪽 어깨를 노리고 날아왔다. 부상을 입은 곳을 공격한 탓에 루슬릭은 재빨리 반응하지 못하고 한 박자 늦게 간신히 검을 막아냈다.

불안정한 자세로 검을 막아낸 탓에 루슬릭은 충격을 받고 뒤로 멀찌감치 날려갔다. 여유를 부리는 것인지 용병왕은 그런 루슬릭을 바로 쫓지 않았다.

처음으로 용병왕이 루슬릭의 부상을 노렸다. 루슬릭은 지금껏 용병왕이 자신을 상대로 부리고 있던 여유를 깨고 서두르기 시작했음을 알 수 있었다.

"……이제 좀 제대로 해보시겠다?"

"굳이 돌아갈 필요가 있겠느냐?"

용병왕의 검이 루슬릭의 오른쪽 어깨를 겨눴다.

"그럼 어디 슬슬 마무리를 짓자꾸나."

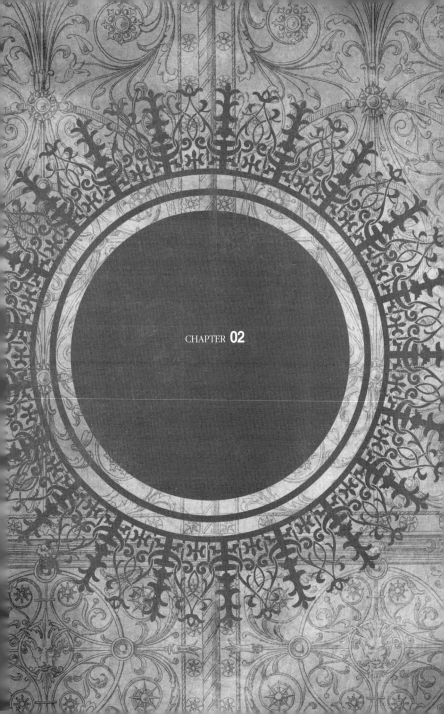

CHAPTER **02**

깡, 까가가강ー!

쩌저정ー!

루슬릭과 용병왕, 두 사람의 검이 부딪치기 시작한 지 한 시간이 훌쩍 흘렀다. 왕국 연합과 안톤 제국, 도합 십만이 훌쩍 넘는 군대가 두 사람의 싸움이 끝나지 않아 움직이지 못하고 있었다.

그 두 사람의 싸움이 어떻게 끝나느냐에 따라 앞으로 전쟁의 양상이 달라질 수 있기에 모두의 관심은 그 둘의 싸움에게로 쏠릴 수밖에 없었다.

"길게도 싸우는군."

루슬릭과 용병왕의 싸움을 눈으로 좇던 토르가 눈을 비볐다. 이렇게 눈으로 계속 좇아가는 것조차 힘들 지경이다.

정작 직접 몸을 움직이며 싸우는 저들은 어떨까?

"누가 이길 것 같아?"

베어그가 다가와 물었다. 루슬릭의 실력을 잘 아는 그는 용병왕이 이길 수 있다고 확신할 수 없었다. 적어도 베어그를 비롯한 단원들에게 있어서 루슬릭의 패배는 상상할 수 없는 것이었다.

"……잘 모르겠군."

"역시 그렇지?"

"싸움이 길어지고 있다."

벌써 루슬릭과 용병왕의 싸움이 시작되고 한 시간이 넘게 흘렀다. 잠시도 쉬지 않고 이렇게 오래 싸울 수 있는 사람은 그리 많지 않다.

아무리 체력적으로 뛰어나더라도 엇비슷한 실력을 지닌 상대와의 싸움은 체력과 더불어 집중력을 크게 갉아먹는 법이다.

그리고 루슬릭은 그런 장기전을 무수히 많이 겪어왔다. 용병왕과는 다르게 말이다.

"더 길어질수록 어찌 될지는 모르지."

＊　　＊　　＊

"하아, 하아!"

루슬릭과 용병왕은 잠시 떨어져서 서로를 바라봤다. 루슬릭은 어깨 쪽에서 극심한 통증을 느끼고 있었고, 슬슬 숨이 차올라 어깨로 숨을 쉬고 있었다.

용병왕의 상태도 썩 좋지는 않았다. 루슬릭만큼은 아니지만 그 역시 체력이 꽤 떨어진 상태였다. 겉으로 보기에는 두 사람 모두 큰 상처는 없었지만 집중력이 떨어질수록 상처를 입는 쪽이 결정될 것이다.

"잘 버티는구나."

"후우, 내 전문이지. 끈질긴 거."

오른쪽 어깨의 부상, 분명 치명적이다. 루슬릭 자신에 비해 결코 못지않은 실력을 가진 용병왕을 상대로 이런 부상을 안고 가야 한다는 것은 적잖은 패널티였다.

하지만 루슬릭에게 있어서 이 정도 부상은 그렇게 크지 않았다.

지금껏 더 큰 상처를 안고서 싸워온 그였다. 어깨에 통증 정도가 아니라 옆구리가 통째로 베어져 나간 적도 있었다.

뼈가 몇 개씩 나가도, 온몸이 난도질되어도 루슬릭은 움직일 수 있었다.

그것이야말로 루슬릭의 최대 장점이었다.

끈질기다는 것, 그것은 바로 그 어느 때라도 집중력을 잃지 않는다는 증거이다.

"그러는 영감은 얼마나 더 버틸 수 있겠어?"

"걱정 말거라. 아직 거뜬하니."

"허세는. 나이가 있으신데."

루슬릭은 아예 오른쪽 어깨를 축 늘어뜨렸다. 이제는 오른쪽 어깨와 팔에는 한 줌의 힘도 들어가지 않았다.

"어디 한 번 끝까지 가보자고."

쉬익―!

예상 외로 먼저 움직인 쪽은 루슬릭이었다. 누가 보더라도 더 많이 지친 쪽이 루슬릭이었는데도 말이다.

내심 조금 쉬면서 체력을 회복하려던 용병왕이다. 하지만 루슬릭은 체력을 회복할 생각이 없는 듯 먼저 덤벼들었다.

옳은 선택이었다. 어차피 루슬릭의 부상은 잠시 쉰다고 해서 나아질 수 있는 게 아니었다. 반면 용병왕의 체력은 조금 쉬면 금방 회복될 것이다.

쉬지 않고 몰아붙이는 것, 그것이야말로 루슬릭이 택할 수 있는 최고의 선택지였다. 물론 그 선택조차도 좋다고 할 수는 없지만 말이다.

깡, 까강―!

용병왕의 검 위를 쉴 새 없이 후려치며 루슬릭이 그의 사방을 휘감으며 움직였다. 루슬릭을 상대하던 용병왕은 그가 지쳤다고 생각할 수 없었다.

'사흘 밤낮을 싸울 수 있다더니 진짜인 모양이군.'

그 누구에게도 지지 않는, 사흘 밤낮을 쉬지 않고 싸울 수 있는 최고의 검사.

용병왕이 생각하는 루슬릭의 평가였다.

그는 단순히 강하기만 한 것이 아니라 오랜 시간 싸울 수 있는 집념이 있었다. 겉으로는 지쳐 보여도 그는 집중력 하나만으로 그것을 이겨낼 것이다. 금방 방전될 것처럼 보여도 결코 바닥을 드러내는 일이 없었다.

'오래 끌면 안 되겠어.'

스각―!

용병왕의 검이 루슬릭의 검을 긁으며 안쪽으로 파고들었다. 갑작스럽게 거리를 좁혀오는 용병왕을 향해 루슬릭은 아래로 축 늘어뜨리고 있던 주먹을 휘둘렀다.

뻐억―!

루슬릭의 주먹이 용병왕의 얼굴을 강타했다. 보통 사람은 그대로 머리가 날아갈 만한 위력임에도 용병왕은 루슬릭의 주먹을 얼굴로 받아냈다.

촤악—!

그 순간 두 사람의 싸움이 시작된 이래 처음으로 피가 튀었다. 그리고 그 피는 루슬릭의 것이었다.

"윽!"

얕지 않은 가슴팍의 상처. 용병왕은 루슬릭이 주먹을 날리든 말든 상관하지 않고 그대로 파고들어 검을 휘둘렀다.

그 결과는 꽤 효과적이었다. 얼굴을 내주긴 했지만 직접 상처를 낸 쪽은 용병왕이었다. 더군다나 루슬릭의 주먹은 용병왕에게 큰 충격을 주지 못했다.

"역시 오른쪽 팔은 제대로 힘이 들어가지 않는구나."

타다닥—!

용병왕이 루슬릭의 오른쪽으로 돌며 접근했다. 이미 루슬릭의 약점을 공략하기 시작한 지는 꽤 되었지만, 루슬릭의 공격을 허용하면서까지 검을 휘두르는 건 루슬릭에게 있어서 최악의 패였다.

"몇 대 맞다 보면 영감도 성치 않을 텐데?"

"그전에 네가 먼저 쓰러지겠지."

깡, 까가가가각—!

용병왕의 검이 루슬릭의 오른쪽을 집중적으로 노렸다. 루슬릭에게는 몇 번이나 주먹을 뻗을 기회가 생겼지만 루슬릭은 그러지 못했다.

그렇게 했다가는 곧장 용병왕의 검이 파고들 것이다. 당장 힘도 실리지 않는 주먹을 휘두르고 검을 얻어맞느니 수비 자세를 취하는 게 나았다.

피잇—!

사악—!

하지만 그 수비 자세는 루슬릭에게 있어서 또 다른 악재였다.

루슬릭의 검술과 성향은 공격 일변도였다. 최선의 방어는 공격이라는 말처럼 루슬릭은 지금껏 상대의 공격을 최선의 공격으로 막아왔다.

하지만 용병왕은 루슬릭에게 공격이 아닌 수비를 강요했다. 루슬릭에게 불편한 싸움이 되어버린 것이다.

쩡, 쩌저정—!

'이 영감이?'

용병왕의 검이 달라졌다.

이전까지는 물 흐르듯 자연스럽게 검을 휘둘렀다면 이제는 보다 공격적으로 변했다.

보다 강하고 빠르게.

변칙 같은 건 없었다. 기교도 보이지 않았다. 오직 루슬릭의 부상을 중점으로 강하고 빠르게 검을 휘둘렀다.

그리고 루슬릭은 그것을 막아낼 수밖에 없었다.

뼈억—!

"큭."

옆구리를 강타한 용병왕의 발길질에 루슬릭의 몸이 휘어졌다. 그리고 그 사이로 용병왕이 다시금 검을 찔러 넣었다.

푸욱—!

루슬릭의 오른쪽 팔을 용병왕의 검이 관통했다. 루슬릭은 눈을 부릅뜨며 비명을 참았다.

"아무래도 끝난 것 같구나."

"……누구 마음대로?"

"이대로 팔이 날아가도 괜찮다는 것이냐?"

으득—!

루슬릭도 알고 있었다. 이대로 계속해 봤자 소용이 없다는 것을.

가슴 쪽에 있는 상처는 지혈이 되지 않아 계속해서 피가 흐르고 있었다. 물론 이 정도 상처는 무시하고 계속 싸울 수 있었다.

문제는 오른쪽 어깨.

통증은 점점 더 심해지고 힘도 들어가지 않았다. 더군다나 지금은 용병왕의 검이 어깨를 관통한 상태였다.

서둘러 상처를 치료하지 않으면 앞으로 오른팔을 쓰지 못할지도 몰랐다.

용병왕이 작정하고 이대로 검을 휘두른다면 루슬릭의 오른팔은 날아갈 것이다. 그 정도로 큰 상처라면 아무리 루슬릭이더라도 지혈을 하지 않고 싸울 순 없고, 싸움의 결과는 불 보듯 뻔했다.

"네가 졌다, 루슬릭."

그 말을 끝으로 루슬릭의 고개가 아래로 떨어졌다.

* * *

"서방!"

루슬릭과 용병왕의 싸움이 끝나고 가장 먼저 달려온 사람은 바로 루나였다.

검이 관통당한 루슬릭의 어깨로는 피가 흐르고 있었다. 루슬릭은 팔을 축 늘어뜨린 채 루나를 향해 다가갔다.

"지혈할 거 있냐?"

루슬릭의 말에 루나가 급히 소맷자락을 찢었다. 그녀는 손수 루슬릭의 어깨 부위를 급히 지혈하며 찢어낸 옷으로 상처를 감쌌다.

"자알 한다. 다친 데 또 다치고."

"안 뒈진 게 다행이지."

만약 용병왕과 처음 한 약속이 아니었다면 루슬릭은 지금 이 자리에 없었을 것이다. 싸움에서 진 루슬릭을 용병왕이 살려두지 않았을 테니 말이다.

"그래서… 어떻게 할 거야?"

"어떻게 하긴."

루슬릭은 급하게 지혈이 끝나자 슈타인 요새로 걸음을 옮겼다.

그곳에서 역시 루슬릭과 용병왕의 싸움을 지켜보고 있었다. 루슬릭과 용병왕의 약속까지 알지는 못했지만, 왕국 연합의 모두는 루슬릭이 패했다는 데서 적잖은 충격을 받은 상태였다.

"괘, 괜찮은가?"

그들 중 슈타인 요새의 주인인 코멜 백작이 황급히 다가왔다. 루슬릭은 급히 지혈한 오른쪽 어깨를 가리키며 답했다.

"괜찮아 보이냐, 이게?"

"……부상이 크군. 대체 저자는 누군가?"

거리가 꽤 떨어져 있는 탓에 그들은 루슬릭과 싸운 상대가 누군지도 알지 못했다. 다만 루슬릭과 어느 정도 아는 사이인 듯 보였고, 범인은 상상도 하지 못할 실력을 가지고 있다는 것만이 분명했다.

"용병왕."

루슬릭의 대답에 코멜 백작의 눈이 동그랗게 떠졌다. 그뿐만 아니라 루슬릭의 목소리를 들은 주위의 다른 귀족들과 기사들 역시 마찬가지였다.

"요, 용병왕이라고? 그게 정말인가?"

"이봐, 나 얼마 전까지만 해도 저 영감님 밑에서 일했거든? 내가 사람 잘못 봤겠어?"

"용병왕이 대체 왜 여기에……."

"무거운 엉덩이를 움직이시겠다는 거지. 시발, 이것만 아니었으면 이길 수도 있었는데……."

루슬릭은 오른쪽 어깨의 부상이 못내 아쉬웠다.

분명 용병왕의 실력은 루슬릭보다 한 수 위지만, 싸움에 대한 감각이나 싸움이 장기전이 되었을 때의 경험은 루슬릭이 훨씬 위였다.

길게 이끌어가면 할 만한 싸움이었다. 오른쪽 어깨의 부상만 아니었다면 이길 수도 있었다.

"살아 돌아온 것이 용하군."

"이봐, 그… 이름이 뭐랬지?"

"코멜 백작이네."

"그래, 네가 여기 지휘관이지? 맞나?"

"그렇긴 하네만……."

"그럼 얼른 항복해. 개죽음당하지 말고."

루슬릭의 말에 코멜 백작이 눈살을 찌푸렸다.

"지금 그게 무슨 소린가?"

"내가 여기 온 이유가 뭐라고 했지?"

루슬릭의 물음에 코멜 백작은 그때서야 루슬릭의 목적을 떠올렸다.

안톤 제국과 함께 있는 용병들을 막아내는 것.

그것이 바로 루슬릭의 목적이었다.

하지만 그런 루슬릭의 목적은 달성하지 못했다. 단원들과 싸우는 도중 용병왕이 개입했기 때문이다.

몇몇 단원을 베어내긴 했지만 대부분의 단원은 살아남아 있었다. 이전까지 전쟁에 큰 공헌을 한 용병인 토르와 베어 그는 잡지 못했다.

무엇보다 저쪽에는 용병왕이 있었다.

루슬릭은 용병왕에게 패했다. 큰 부상까지 입었다. 그가 용병왕을 상대하지 못하면 용병왕을 상대할 수 있는 실력자는 안데르센 왕국에는 없었다.

"그래도 이대로 그냥 항복할 수는 없다. 이곳은 슈타인 요새다!"

"저놈들을 막으려면 여기 모인 병력의 세 배는 데리고 있어야 할걸. 그냥 개죽음이라니까. 그리고…….”

루슬릭은 고갯짓으로 안톤 제국 진형을 가리켰다.

“나도 이제 저쪽에 붙으려 하거든.”

“……뭐라?”

“용병왕과 내기를 했어. 내가 지면 용병왕의 뜻에 동참하고 내가 이기면 용병 왕국은 이번 전쟁에서 빠지는 것으로. 결과는 내가 졌고.”

“그 약속을 정말 지킬 생각인가?”

“그래야지. 용병이든 귀족이든 신용은 중요하니까. 걱정마. 아직 그래도 완전히 돌아선 건 아니니까. 그래서 일부러 여기까지 와서 항복을 권유하는 거 아니겠어?”

돌변한 루슬릭의 태도에 코멜 백작은 어안이 벙벙해졌다. 어찌 이리 한순간에 아군과 적군을 뒤바꿀 수가 있단 말인가.

“용병왕과 나, 그리고 다른 용병들, 더군다나 안톤 제국의 병사들도 여기 왕국 연합보다 수가 많지. 이길 수 있을 거라 생각해?”

“으음…….”

“……부탁이다. 그냥 항복해라. 아니, 요새를 버리고 도망쳐. 괜한 짓거리 하지 말고.”

으득—!

코멜 백작도 바보가 아니었다. 루슬릭이 돌아섰다면 이후의 싸움의 결과가 어떻게 될지는 눈에 훤히 보였다.

애초에 용병만으로도 요새의 수비적 이점은 없는 것이나 마찬가지였다. 거기에 루슬릭이 돌아서고 용병왕이 나타났다. 이전보다 상황이 더더욱 최악이다.

냉정하게 생각해 볼 때 루슬릭의 말대로 요새를 버리는 게 맞았다. 슈타인 요새에 있는 병력을 데리고 돌아가 다른 부대와 합류해 훗날을 도모하는 편이 나을 것이다.

"……네놈의 행동이 어떤 결과를 가져올지는 모르지 않겠지?"

"모르겠는데. 알려줘 봐라."

"네놈, 제라스 왕국의 귀족이라지?"

"……그런데?"

"제라스 왕국에 죄를 물을 것이다. 네놈의 변질과 그로 인한 피해에 대한 대가를 톡톡히 치르게 해주마."

코멜 백작은 루슬릭의 말대로 이대로 안톤 제국과 맞붙는 것이 무모하다는 것을 깨달았다. 하지만 이대로 그냥 물러서기에는 그의 자존심이 허락하지 않았다.

그는 사소하게나마 루슬릭에게 복수를 할 생각이다. 직접적인 복수는 안 되더라도 그와 관련된 것들을 향해 복수의 이를 갈 생각이다.

하지만 생각과는 달리 루슬릭은 별반 반응이 없었다.

"그거야 네 맘대로 해라. 그런데 이거 하나만은 명심하고 있어."

턱—

루슬릭이 코멜 백작을 향해 한 걸음 다가갔다.

"그러다 내 손에 걸리면 넌 뒈진다."

"어디서 같잖은 협박을……."

"같잖게 보여?"

스릉—!

루슬릭이 허리춤의 검갑에 넣어두었던 검을 반쯤 꺼냈다. 그러자 코멜 백작의 주위에 있던 기사들이 앞으로 나서며 루슬릭의 주위를 둘러쌌다.

그러거나 말거나 루슬릭은 한 걸음씩 더 코멜 백작을 향해 다가갔다.

"너, 그리고 니들, 내가 싸우는 거 봤지?"

봤다마다.

경악할 정도였다. 멀리 떨어져 지켜보고 있으면서도 제대로 눈으로 좇기가 어려울 정도로 빠르고 검이 한 번 부딪칠 때마다 흙먼지가 튀는 광경을 어찌 잊을 수 있을까.

"네가 안데르센 왕국에서 뭐 해먹고 사는 놈인지 알 바 없고, 혹시라도 제라스 왕국에 작정하고 헛짓거리만 해봐.

수천수만 명의 병사가 널 지키고 있다고 해도 반드시 모가지를 따버릴 테니까."

서슬 퍼런 루슬릭의 협박에 코멜 백작은 그저 고개를 끄덕일 수밖에 없었다.

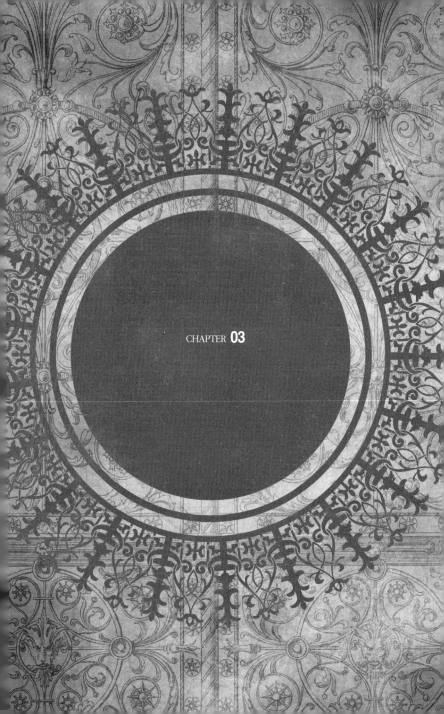

CHAPTER **03**

코멜 백작은 슈타인 요새를 지키고 있던 병사들을 데리고 후퇴할 수밖에 없었다. 항복 깃발을 내건 그들을 안톤 제국의 군대는 굳이 건드리지 않았다. 큰 피해 없이 공짜로 슈타인 요새를 함락시킬 수 있으니 그들도 나쁠 것 없었다.

모든 이들이 슈타인 요새를 나갔지만 루슬릭과 루나는 그 자리에 남았다. 이윽고 안톤 제국의 군대가 슈타인 요새로 들어섰다.

"서방, 이제 어쩔 거야?"

"뭘?"

"정말 안톤 제국과 함께 전쟁을 치르려고? 제라스 왕국과도 싸우게 될 텐데?"

루슬릭은 용병 왕국에서 자신의 위치를 벗어던지고 고향으로 돌아갔던 사람이다. 그만큼 제라스 왕국에 대한, 그리고 하츨링 백작령에 대한 애착이 강하다는 뜻이다.

제라스 왕국은 안톤 제국과 전쟁 중인 왕국 연합에 속해 있다. 그렇다는 것은 즉 루슬릭은 자신의 고향과 척을 지게 되었다는 뜻이다.

"몰라, 나도."

"하여간 대책 없기는."

"뒤질래?"

루슬릭은 머리를 벅벅 긁으며 몸을 돌렸다.

"대책은 이제부터 알아봐야지."

"어디 가?"

"닥치고 따라와."

분주한 가운데 루슬릭이 향한 곳은 병사들과 따로 떨어져 용병들이 있는 곳이었다. 그들은 왁자지껄 떠들고 있더니 루슬릭이 다가오자 갑자기 조용해졌다.

그들은 루슬릭의 단원들이 아니었다. 안톤 제국과 함께하고 있는 용병들은 루슬릭의 단원들을 포함해 수도 없이 많았다. 이들은 단지 용병 왕국에 속해 있는 용병 중 일부일 뿐이었다.

"뭐 좀 물어볼까 하는데."

"……."

용병들은 대답이 없었다. 루슬릭은 그들이 대답하지 않자 눈살을 찌푸렸다. 그러자 그때서야 가장 가까이 있던 용병이 대답했다.

"뭐, 뭡니까?"

"영감님… 아니, 용병왕은 어디 있지?"

"요, 용병왕께서는 아마… 지휘관들과 함께 있을 겁니다."

"그러니까 어디 있느냐고. 내가 언제 누구랑 있느냐고 물어봤냐?"

"그, 그건 저도 잘……."

용병이 우물쭈물하며 고개를 숙였다. 그는 용병왕과 대등한 싸움을 보여준 루슬릭이 내심 무서웠다. 방금 전까지 적이었던 만큼 그가 어떻게 돌변할지도 모르는 일이고 말이다.

"애들 잡지 말고 저랑 이야기하시죠, 단장."

그때 익숙한 목소리가 루슬릭의 뒤에서 들려왔다. 굵직한 음성에 고개를 뒤로 돌려보니 육중한 체구의 토르가 루슬릭에게로 다가오고 있었다.

"아, 너냐? 주먹은 괜찮고?"

"뼈가 가루가 되고 어깨가 빠지긴 했지만 괜찮소."

"그냥 안 괜찮다고 해라."

루슬릭은 용병들에게서 시선을 떼고 몸을 돌려 토르를 바라봤다. 그의 주위에는 베어그를 비롯한 다른 단원들이 함께하고 있었다.

제1 로열 나이트 용병단의 부단장들. 그들의 등장에 다른 용병들은 슬금슬금 자리를 비켰다.

이윽고 그의 주위로는 루슬릭을 비롯한 다른 단원들만 남게 되었다. 옛 단장과 그 밑의 직속 단원들. 그들이 오래간만에 적이 아닌 입장에서 만나게 된 것이다.

"잘들 지냈냐?"

"……방금 전까지만 해도 우리를 죽이려 했던 단장이 태연하게 안부 인사나 하고 있으니 어색하오."

"삐쳤냐? 어쩔 수 없잖아. 니들도 날 죽이려 하는데."

"그거야 단장이 저희들의 적으로 나타나니 그런 거 아니오?"

"마찬가지야. 내 입장에서도 니들은 적이었어."

"그럼 지금은 아니오?"

"……아마도."

애매한 대답이었지만 그것만으로도 다른 단원들은 안심

할 수 있었다. 일단 적은 아니라는 뜻이니 말이다.

루슬릭은 단원 하나하나를 둘러보다 몇몇이 비어 있음을 깨달았다. 방금 전의 싸움에서 자신의 검에 목숨을 잃은 이들이다.

"신경 쓰지 마쇼. 어차피 뒈질 때가 돼서 뒈진 놈들이니까."

"니들이 동료애가 없다는 건 잘 알고 있었는데, 그래도 나만큼은 슬퍼하지 그래?"

"단장도 참 이상해. 단장이 죽여 놓고 왜 슬퍼해?"

베어그가 그사이 어디서 들고 온 것인지 고기가 붙어 있는 큼지막한 뼈다귀를 들고 말했다. 루슬릭은 여전하다는 듯이 그를 바라보고는 고개를 저었다.

"됐다. 니들이랑 할 얘기가 더 뭐가 있겠냐."

"단장, 우리 때문에 여기까지 온 거 아니야?"

베어그의 물음에 루슬릭은 대답하지 못했다. 그 말이 사실이기 때문이다.

"하여간 우리 단장, 옛날부터 쑥스러움 많이 타는 건 여전하다니까."

"큭큭큭."

베어그의 말에 다른 단원들이 웃음을 터뜨렸다. 루슬릭은 눈살을 와락 구기다 이내 피식 웃었다.

"속없는 새끼들. 니들 까딱 잘못했으면 내 손에 뒈졌어. 알아?"

"안 뒈졌잖소?"

"단장이 우리 구해준 게 수십 번인데 한 번쯤 죽일 뻔한 걸로 뭘 그러쇼."

단원들의 대답에 루슬릭은 혀를 내두르고 말았다. 틀린 말은 아니지만 그게 어디 생각처럼 되겠는가. 당장 수십 번을 구해줬더라도 한 번 적으로 돌아서면 그건 그냥 아군이 아닌 적이다. 그리고 그것이 바로 용병들의 세상이고 생리였다.

하지만 루슬릭의 단원들은 아니었다. 그들이 루슬릭에게 가지고 있는 믿음은 그런 생리를 뛰어넘을 만한 것이었다. 물론 모든 단원이 다 같은 것은 아니었지만 대부분이 그랬다.

"그런데 혹시 니들, 나랑 노닥거리러 온 거냐?"

"그것도 있고, 단장이 누굴 찾고 있는 것 같아서 말이오."

"그 영감님 어디 계시냐?"

"세상에 용병왕을 영감님이라고 부르는 사람은 단장밖에 없을 거요."

토르는 한숨을 푹 내쉬고는 대답했다.

"해가 지고 자정에 싸웠던 곳에서 보잡니다."

용병왕의 전언이었다.

*　　　　*　　　　*

슈타인 요새에 어둠이 드리워졌다. 달빛도 구름에 가려진 가운데 요새 밖은 어두워서 횃불 없이 다니기가 어려웠다.

루슬릭은 요새 밖으로 빠져나갔다. 그를 감시하는 사람은 용병들이었다. 하지만 그들은 미리 용병왕에게 언질을 받았기 때문인지 루슬릭이 요새 밖으로 빠져나감에도 제지하지 않았다.

터벅—!

횃불은 없지만 루슬릭은 금세 어둠에 눈이 익숙해져 요새 밖을 어렵지 않게 걸어 다녔다. 오래전 의뢰에서는 이렇게 한밤중에 움직여야 할 일도 많았다. 더군다나 루슬릭의 눈은 다른 사람들에 비할 바 없이 뛰어났다.

"슬슬 나오지, 영감?"

루슬릭은 미리 기다리고 있는 사람에게 말했다. 그는 한쪽에 있는 나무 뒤에 숨어 있더니 모습을 드러냈다.

"조금 늦었구나."

"영감이 너무 빨리 온 거겠지."

루슬릭은 나무 뒤에서 나타난 사람을 바라봤다.

자신을 이곳으로 불러낸 사람, 그는 바로 용병왕이었다.

"용병왕이나 되는 사람이 쥐새끼처럼 나무 뒤에 숨어서 뭐 하는 거요, 모양 빠지게?"

"왕이라고는 하나 나 역시 전에는 용병이었다."

"됐고, 용건이나 빨리 말하지. 우리가 언제 담소나 나눌 사이였어?"

"네 그런 점은 참 마음에 든단 말이지."

용병왕은 방금 전까지 몸을 숨기고 있던 나무에 몸을 기대며 물었다.

"이제 어쩔 생각이냐?"

"……어쩌긴 뭘 어째?"

"정말로 안톤 제국과 손을 잡고 왕국 연맹과 싸울 생각이냐?"

용병왕의 물음에 루슬릭은 이게 무슨 소린가 싶었다. 자신의 상황을 이렇게 만든 당사자가 바로 용병왕이 아닌가?

"무슨 개수작이야? 지금 나 놀려?"

"놀리다니, 그럴 리가 있겠느냐?"

마치 어린아이를 달래는 듯한 목소리다. 루슬릭은 용병왕 속에 들어 있는 생각이 무엇인지 몰라 절로 눈살을 찌푸렸다.

"그렇지 않아도 영감님 찾고 있었어. 그때 했던 말, 무슨 뜻이지?"

루슬릭은 용병왕과의 싸움이 끝난 직후 그가 자신에게 한 말을 떠올렸다.

─너무 걱정할 필요 없다.

의미심장한 말이다. 루슬릭의 귀에 가까이 대고 조용히 한 말인지라 그 말을 들은 사람은 루슬릭밖에 없었다.

다른 이들이 듣지 못하도록 조용히 한 말, 무언가 꿍꿍이가 있다는 뜻이다.

"걱정할 필요 없다며? 그게 무슨 뜻인지 어디 한 번 말해 봐."

의미심장한 말 하며 자신을 따로 불러낸 것 하며 루슬릭은 용병왕이 무언가 다른 생각을 하고 있다는 것을 확신할 수 있었다.

그가 지금의 상황에 이렇게까지 여유로울 수 있는 이유이기도 했다.

최악의 상황에서 변수가 생겼다는 것.

그것은 최악의 상황을 뒤바꿀 수 있는 기회였다.

"네가 걱정하고 있는 건 제라스 왕국과의 전면전이겠지?"

"대충 그렇지. 무엇보다 안톤 제국의 개 노릇을 하고 싶지도 않고."

"걱정할 것 없다. 우린 제라스 왕국과 싸우지 않을 테니까."

이게 무슨 소린가 싶은 이야기다. 분명 용병왕은 안톤 제국과 함께 왕국 연합과 싸우겠다고 말했다.

대륙 정벌, 그 과정에서 안톤 제국과 함께한다면 필연적으로 왕국 연합에 속해 있는 제라스 왕국과 싸울 수밖에 없다.

"돌려 말하지 말고 시원하게 좀 하지?"

"의뢰를 받았다."

용병왕의 말에 루슬릭의 눈이 번뜩였다.

"의뢰자는?"

"그건 말해줄 수 없다."

"안톤 제국인가?"

"아니."

눈이 번쩍 뜨이는 대답이다.

의뢰를 받았고, 그 의뢰자가 안톤 제국이 아니다. 그것은 말 그대로 모순이었다.

"의뢰 내용은 뭐지?"

"안톤 황제의 시해, 오딘의 죽음. 이 두 가지가 의뢰의 목적이다."

루슬릭의 눈이 동그랗게 떠졌다.

안톤 황제의 시해라니? 그는 이 전쟁을 일으킨 장본인이자 용병왕과 함께 손을 잡은 인물이다. 용병왕은 분명 그를 도와 이번 전쟁을 통해 용병에 대한 인식을 통째로 바꾸겠다고 하지 않았던가?

"나한테 거짓말을 했던 건가?"

"이번 의뢰에 관해서 아는 사람은 몇 없다. 기밀이지. 루슬릭 넌 엄연히 말해 안톤 제국에서 블랙리스트로 지목되어 있는 인물이다. 더군다나 이젠 용병 왕국의 사람도 아니니 함부로 이 사실을 알릴 수는 없었지."

"알고 있는 사람은 누가 있지?"

"각 로열 나이트 용병단장들과 제1 로열 나이트 용병단의 토르. 이게 전부다."

용병왕은 입맛을 다시더니 루슬릭을 힐끔 흘겨봤다.

"계획의 중심에는 렝이 있었다만… 네 손에 죽고 말았더구나."

"……됐고, 그 인원만으로 의뢰를 진행할 수 있나?"

"말했다시피 보안이 중요한 문제다. 더군다나 상황이 극에 달했을 때 용병들은 내 말 한마디면 충분히 제어할 수 있다. 내가 있기에 가능한 의뢰지."

용병왕의 자신감은 단순한 허세가 아니었다.

용병들의 용병왕에 대한 충성심은 거의 신격화에 가까울 정도였다. 루슬릭이 있던 제1 로열 나이트 용병단 내에서도 그의 존재감은 루슬릭과 맞먹을 정도였다.

용병왕, 그의 말 한마디면 움직일 용병이 대륙엔 널리고 널렸다. 혹시라도 상황이 뒤바뀔 경우, 용병왕의 말 한마디에 의뢰의 목적을 바꾸는 것쯤은 충분히 가능한 일이었다.

"그래서 지금은 연기를 하고 있다는 건가?"

"가장 쉬운 길을 택했을 뿐이다."

"대체 왜? 이런 일을 하는 이유가 뭐지?"

"말하지 않았느냐? 용병들의 세상을 만들기 위함이라고."

가는 길은 달라졌어도 목적은 같았다. 루슬릭은 혹시나 용병왕이 자신에게 거짓말을 하고 있는 게 아닌가 싶었는데, 굳이 여기까지 자신을 불러내서 이런 거짓말을 할 만한 이유가 없었다.

"용병 왕국은 지리상 대륙의 중심에 위치한다. 너도 그 정도는 알고 있겠지?"

"……알지. 그래서?"

"냉정히 말해 안톤 제국이 대륙을 정벌한 후 다음 차례는 용병 왕국이 될 수밖에 없지. 안톤 황제, 그는 안톤 제국 외에 다른 왕국을 남길 만한 위인이 아니야. 아무리 땅덩이가 작은 용병 왕국이라 해도 말이지."

용병 왕국은 사실상 왕국이라고 하기에 부끄러울 정도로 작은 땅덩어리를 가진 나라이다. 하지만 그 역시 이미 왕국이라는 이름으로 자리를 잡은 만큼 용병 왕국이 남아 있는 한 다른 왕국들이 사라진다 해도 안톤 제국은 진정한 대륙 정벌을 했다고 볼 수 없었다.

용병왕은 전쟁이 끝난 이후를 생각했고, 안톤 제국과는 손을 잡을 수 없다고 판단한 것이다.

"안톤 제국이 사라진 후 그 땅의 일부를 용병 왕국으로 흡수할 예정이다. 이미 그렇게 이야기가 끝난 상태지."

"땅덩어리? 고작 그것 때문에 그 무거운 엉덩이를 움직인 건가?"

"국가에 있어서 땅이라 함은 곧 국력을 의미하기도 하지. 세간에 용병 왕국을 왕국이라 하지 않고 무시하는 평가는 좁은 땅덩어리에 있다."

분명한 사실이다. 국가의 국력을 판단하는 기준은 크게 세 가지로 군대와 자본, 국토이다.

용병 왕국은 대부분의 국민이 뛰어난 용병이라는 것과 의뢰를 통해 유통되는 자본을 가지고 있었지만, 좁은 땅덩어리로 인해 왕국이라는 이름을 받기까지 오랜 시간이 걸렸다. 더군다나 받은 이후에도 5대 왕국 사이에는 끼지 못하고 있는 실정이다.

용병왕은 바로 그런 점을 안타까워한 것이다.

용병 왕국으로 인해 용병들이 기를 펼 수 있게 되었지만, 그들이 인정을 받기 위해서는 결과적으로 용병 왕국 자체가 성장하는 수밖에 없었다.

"……그러니까 누구와?"

루슬릭은 용병왕이 안톤 제국이 아닌 다른 왕국을 지지하는 까닭은 이해할 수 있었다. 하지만 문제는 그 의뢰를 한 사람이 누구인가 하는 것이었다.

"그건 말할 수 없다."

답답할 노릇이다. 루슬릭은 치밀어 오르는 답답함을 가라앉히며 물었다.

"그래서, 계획은 있고?"

"확신이 생겼다."

용병왕이 얼굴에 웃음이 피어올랐다.

"널 내 편으로 끌어들일 수 있게 된 것이지."

"이럴 거라면 차라리 예전에 말하지?"

"말하지 않았느냐? 안톤 제국은 널 경계하고 있다고. 넌 이미 제라스 왕국의 귀족으로도 알려진 상태이다. 안톤 제국도 그런 널 무턱대고 믿을 순 없겠지."

"지금은?"

"나와의 약속이 이미 안톤 제국의 귀족들을 통해 알려졌다. 그들도 용병들의 생리를 알고 있다면 널 의심하는 눈초리가 조금은 줄어들겠지."

"명분이 필요했다는 이야기군."

"말이 잘 통해서 좋군."

제라스 왕국에 속해 있는 루슬릭.

그가 아무런 이유 없이 용병 왕국을 돕는다면 안톤 제국에서도 의심을 살 것이 분명했다. 지금껏 용병왕이 루슬릭과 함께 의뢰를 진행하지 못한 까닭도 이 때문이다.

하지만 지금까지와는 달리 상황이 달라졌다.

우연인지 아닌지는 몰라도 용병왕과 루슬릭이 만나게 되었고, 모두가 보는 앞에서 두 사람은 약속을 내걸고 싸웠다.

용병왕의 이름으로 보증을 하는데다가 싸움에서 패한 대가로 그를 도우기로 한 것이니 어느 정도 명분은 서는 셈이다.

"만약 당신이 졌으면 어쩌려고 했던 거지?"

만약 그 자리에서 용병왕이 패했다면 의뢰는 실패하는 것이나 마찬가지였다. 용병왕이라면 그 정도 계산도 하지 않았을 리 없었다.

"설마 질 리가 없다고 생각했던 건가?"

"네 실력이야 나도 잘 알고 있지. 하지만 넌 부상을 입지 않았느냐?"

"……그래도 잘만 하면 이길 수 있었어."

"그거야 나도 안다. 네가 부상을 입지 않았다면 나도 널 이길 수 있을 것이라 자신할 수 없으니까."

루슬릭과 용병왕의 실력 차이는 종이 한 장 차이였다. 그리고 그 한 장은 용병왕이 더 두꺼웠다.

하지만 그 한 장 정도는 충분히 메울 수 있는 차이였다. 루슬릭은 자신보다 강한 상대와 싸우는 법을 오래전부터 익혀왔고 지금껏 살아남았다.

더군다나 용병왕과는 달리 실전을 최근까지 치러온 만큼 승산은 있었다.

부상만 아니었다면 말이다.

"확신은 있었다. 이길 수 있을 것이라고."

"……렝에게 감사해야겠네, 영감. 날 낚을 수 있던 것도 그 새끼를 죽이다 부상을 입은 탓이니까."

"그렇지. 렝이 죽은 건 아쉽긴 하지만 널 잡고 렝을 잃었다면 손해 보는 장사는 아니구나."

렝은 용병 왕국의 머리나 마찬가지였다. 외교적인 업무와 교섭 등 그는 용병 왕국의 전반적인 행정을 거의 대부분

담당하고 있었다.

하지만 그를 대신할 만한 사람이 아주 없는 것은 아니었다. 렝만큼은 아니더라도 칼프 역시 외교적인 능력에 일가견이 있었고, 정 부족하다면 외교, 행정 업무를 담당한 인재를 구하면 된다.

하지만 루슬릭과 같은 실력을 가진 용병은 어디서도 구할 수 없었다. 더군다나 힘들고 위험한 의뢰를 숱하게 겪어온 만큼 그의 능력은 이미 실력 이상으로 입증이 된 상태였다.

"일 끝나면 난 다시 제라스 왕국으로 돌아갈 텐데?"

"상관없다. 루슬릭 네가 아직 용병 왕국과 함께하고 있다는 인식만 심어주면 되니 말이야. 더군다나 넌 아직 용병을 그만둔 건 아니지 않으냐?"

제라스 용병단의 이야기다. 지금은 해체되었지만 그 사례를 통해 루슬릭은 결국 용병이 될 수밖에 없음을 말하는 것이다.

달리 틀린 말도 아니었고 반박할 거리도 없었다. 루슬릭은 한숨을 푹 내쉬었다.

"그래서, 계획은 뭐지?"

"이야기가 길어지겠군."

용병왕은 루슬릭을 향해 손을 내밀었다. 그간 용병왕의

밑에 이십 년간 있어오면서도 한 번 잡기 힘들었던 손이
다.

　루슬릭과 용병왕.

　그 두 사람이 손을 맞잡았다.

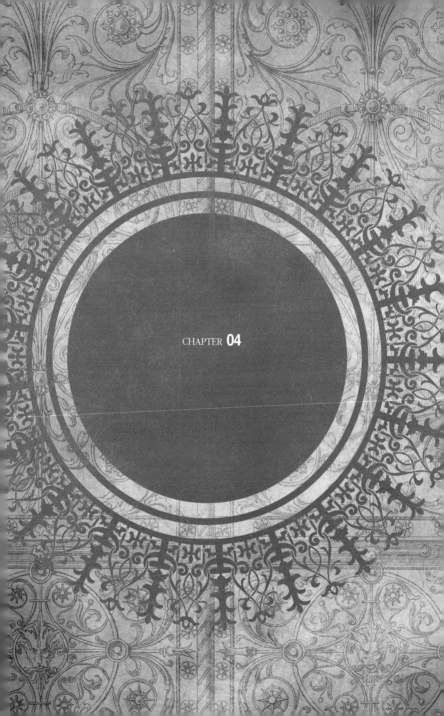

CHAPTER **04**

용병왕의 등장과 루슬릭의 배신.

그 소식이 안데르센 왕국에 퍼지기까지는 그리 오랜 시간이 걸리지 않았다.

목격자도 많을뿐더러 안톤 제국 측에서 소문을 일부러 흘린 것이다. 제라스 왕국에서 영웅처럼 떠오르는 루슬릭의 배신은 왕국 연합의 내부를 흔들기에 적절한 이야기였다.

슈타인 요새를 점령한 안톤 제국은 이틀의 시간이 지나고 다시금 안데르센 왕국의 수도로 향했다. 다음 요새의 지척까지 다가간 안톤 제국군은 그들이 머물 간이 막사를 만들었다.

"루슬릭이라고? 이야기는 많이 들었다. 혼자서 용병 왕국까지 단신으로 쳐들어가 살아 돌아왔다지?"

멘토 백작은 루슬릭에 대해 알고 있었다. 용병 왕국에서 용병왕을 제외한 용병 중 가장 이름을 알리고 있는 용병이 바로 그였다.

귀족으로 태어나 용병들의 정점이라 할 수 있는 로열 나이트 용병이 된 인물.

더군다나 같은 로열 나이트 용병과 적대적인 위치에서 그를 죽이고자 홀로 용병 왕국까지 쳐들어가 살아 돌아왔다. 그의 이야기는 왕국 연합에서 영웅담처럼 떠들 정도였다.

"함께하기로 됐다니 꺼림칙하긴 하지만 어쨌건 잘해보지."

"뭐, 난 별로 할 일도 없을 건데?"

루슬릭의 대답에 멘토 백작의 눈이 꿈틀거렸다. 다른 용병들의 말투도 거슬리긴 했지만 루슬릭의 말투는 조금 심한 감이 없지 않아 있었다.

"난 네 상관이……."

"용병 왕국에서 로열 나이트 용병이면 타국의 공, 후작과 같은 대우를 받는 위치지. 게다가 난 제라스 왕국에서도 백작가 자제 신분이었고."

귀족이라는 위치와 용병 왕국에서 역시 용병왕 다음가는 위치에 있었다. 이전에는 로열 나이트 용병이라는 자리를 버린 상태였지만, 다시금 용병왕과 함께하게 된 지금에는 그 위치도 다시 가져온 상태이다.

"호칭 문제는 멘토 백작이 이해해 주게. 용병들의 생리가 워낙 좀 거칠다 보니."

"……용병왕께서 그리 말씀하시니 내 이번엔 넘어가겠소. 다만 저 막돼먹은 용병은 나와 되도록 부딪치지 않게 해주셨으면 좋겠군."

"그러도록 하지."

루슬릭을 대신해 용병왕이 낮은 자세로 나오자 멘토 백작은 기분이 조금 풀렸다. 그는 좌우를 둘러보며 전장에 참여한 간부들을 살폈다.

회의에 참석한 대부분이 안톤 제국의 귀족들로 구성되어 있다. 그들 모두가 무가에 속한 귀족가의 귀족들이었는데 멘토 백작이 이들의 사령관이다.

"수도까지 남아 있는 요새와 공략 및 상대의 전력은?"

"카밀라 요새와 토르만 요새가 남아 있습니다. 슈타인 요새에서 빠져나간 적들은 다음 요새인 카밀라 요새로 향한 것으로 파악됩니다."

"카밀라 요새에 관해 말씀드리겠습니다. 카밀라 요새
는……."

회의가 진행되었다. 카밀라 요새와 토르만 요새에 관한
설명과 적의 병력, 공략 방법 등 여러 이야기가 나왔다. 회
의가 두 시간이 넘게 이어지자 그들의 시선이 루슬릭과 용
병왕에게로 돌아왔다.

"용병왕께서는 달리 할 말이 없으신가?"

멘토 백작이 용병왕을 향해 물었다. 용병왕은 그의 물음
에도 묵묵히 고개를 저을 뿐이다.

"루슬릭 경은?"

"딱히."

루슬릭과 용병왕, 두 사람 모두 요새의 공략에 관해 어떠
한 말도 하지 않았다. 멘토 백작은 그럼 그렇지 하는 표정
을 지었다.

"하긴 용병이 어디 전쟁을 알기야 하겠소? 소규모 전투
와는 달리 전쟁은 병법을 기반으로 하는 일인데 말이오. 허
허허."

"용병왕께서는 아래 용병들이나 잘 다독여 주십시오."

"자자, 이야기가 샜군. 다시 말하자면……."

멘토 백작과 귀족들은 신이 나서 다시금 회의를 진행했

다. 루슬릭과 용병왕은 여전히 덤덤한 표정으로 그들의 이
야기를 듣고 있을 뿐이었다.

＊　　　＊　　　＊

　"……저 병신들. 와, 입이 근질거려 죽는 줄 알았네."

　회의가 끝나고 막사 밖으로 나온 루슬릭은 답답한 가슴
을 쥐어뜯었다.

　"크게 떠들지 마라. 들겠다."

　"영감, 나 그냥 확 다 말해 버릴까?"

　"그랬다간 안데르센 왕국의 피해만 더 커지겠지."

　"아오, 저런 걸 공략이라고 떠벌리다니, 대가리에 뭐가
든 거야?"

　루슬릭이 답답한 것은 다름이 아닌 귀족들이 내놓은 공
략이었다.

　그들 나름대로는 기발한 계획이라고 내놓은 것들이겠지
만, 루슬릭이 보기엔 아니었다. 용병왕과 루슬릭이 보기에
그것들은 병법의 틀에 박힌 기본 중의 기본, 혹은 기본도
되지 못한 것들이었다.

　루슬릭이 지금까지 해온 의뢰 중에서는 크고 작은 전쟁
을 승리로 이끄는 의뢰도 허다했다. 그리고 그중에는 성의

공략도 포함되어 있었다.

나름대로 요새의 공략에 일가견이 있는 루슬릭이다. 더군다나 용병왕은 말할 것도 없었다.

그가 지금까지 해온 의뢰만 하더라도 몇 개인가? 하나의 왕국을 세울 정도로 뛰어난 용병인 그였다. 세부적인 작전을 세우는 경우 오히려 루슬릭보다도 더 뛰어난 용병이 바로 용병왕이었다.

"어차피 작전이야 어찌 되었든 상관없지 않으냐?"

"……뭐, 그렇긴 하지만."

루슬릭과 용병왕은 이 판에서 한 발 떨어져 있는 이들이다. 겉으로는 한편인 척하지만 실제로는 그들의 등에 비수를 꽂아 넣어야 한다.

"대체 언제까지 이러고 있어야 하는 거지?"

벌써 며칠째 아무것도 하지 않고 있었다. 단원들과 회포를 푸는 것도 안톤 제국의 눈치를 봐야 하고, 용병이라는 신분에다가 전시 상황 때문에 함부로 밖에도 돌아다닐 수 없었다.

따분하다. 더군다나 루슬릭은 왕국 연합과 싸울 수도 없었다. 전쟁이 벌어지면 난처한 상황이다.

"조금만 참고 기다리거라. 금방 움직일 일이 있을 테니까."

"계획은 있고?"

루슬릭의 물음에 용병왕은 차분히 고개를 끄덕였다.

"그래, 있다마다."

＊　　　＊　　　＊

"서둘러라, 서둘러!"

"물품 확인은 끝났습니까?"

"끝난 지가 언젠데! 이 새끼야, 정신 안 차릴래?"

안톤 제국은 한창 분주했다. 보급품을 나르고, 마차에 싣고, 정확한 보급품의 수를 세어 운반하는 일은 여러 손이 필요했다.

영지전과 같은 작은 전쟁이 아닌, 십만 명이 넘는 대군에게 필요한 보급품이다. 식량과 군수물자의 양만 해도 마차로 길을 만들 정도이다.

보급품의 운반을 담당하고 있는 귀족 쟈밀 자작은 보급품의 운반이라는 중책을 맡았다는 생각에 잔뜩 상기된 모습이었다. 이 모든 식량과 군수물자의 보급, 융통을 모두 그의 손으로 처리했는데 그 과정에서 생긴 이익이 어마어마했던 것이다.

'이것만 다 옮기고 나면 우리 가문은 몇 단계는 도약할

수 있을 것이야.'

전쟁은 돈이 된다. 그것은 당연한 이치였다. 특히나 전쟁이 벌어지면 식량과 함께 군수물자의 가격이 천정부지로 오른다.

쟈밀 자작은 오래전부터 창과 방패, 검과 같은 무구를 취급해 오며 그것을 모아왔다. 언제고 전쟁이 일어날 것이라는 확신을 가지고 말이다.

그리고 그것을 이번 기회에 한꺼번에 보급품으로 내어놓으면서 그의 입지는 제국 내에서 한 번에 치솟았고, 동시에 막대한 돈을 얻을 수 있었다.

돈과 권력을 한꺼번에 쥘 수 있는 기회.

잘만 하면 이번 기회에 그토록 원하던 백작의 자리에 오를 수 있을지도 몰랐다.

'대륙을 일통한 제국의 백작이라……. 흐흐흐, 나도 참 성공했군.'

쟈밀 자작은 벌써부터 잔뜩 흥분된 표정으로 마차에 실린 보급품을 바라보고 있었다.

수많은 병사들이 분주하게 보급품을 마차에 실어 나르자 이윽고 준비가 모두 끝났다. 보급품을 지키는 병사의 수만 해도 천 단위가 훌쩍 넘었다.

시각은 이제 막 정오를 넘어서고 있었다. 병사들의 식사는 걸어가면서 빵 따위로 대신해도 될 일.

"출발한다!"

쟈밀 자작은 지체하지 않고 바로 병사들을 출발시켰다. 제국의 수도에서 멀리 떨어져 있지 않은 영지에서 출발한 보급부대는 안데르센 왕국으로 향했다.

정오에 출발한 보급부대는 저녁 무렵 해가 지고 나서야 멈췄다. 병사들도 지쳤고 마차를 몰고 있는 말들도 진이 빠진 상태인지라 쉬어갈 수밖에 없었다.

"늦가을이라 그런가? 해가 일찍 지는군."

해가 진데다가 말과 병사들도 쉬어야 하는 상황인지라 결국 쟈밀 자작은 쉬어가기로 결정했다. 보급품을 전달하려면 못해도 닷새는 넘게 걸어가야 했다.

병사들이 쟈밀 자작이 쉴 간이 막사를 설치했다. 쟈밀 자작은 데리고 온 기사들을 이끌고 금세 만들어진 막사 안으로 들어갔다.

"병사들을 쉬게 하라. 혹시 모르니 주위를 잘 살피고."

"알겠습니다."

쟈밀 자작을 따라온 기사는 짧게 묵례를 하고는 막사 밖으로 나갔다. 말은 그렇게 했지만 쟈밀 자작은 크게 걱정하지 않았다.

보급품을 지키는 병사만 하더라도 천이 넘었고, 누가 뭐래도 이곳은 안톤 제국이다. 누가 감히 겁대가리 없이 안톤 제국 안에서 안톤 제국의 병사를 건드릴 수 있단 말인가?

간혹 귀족들의 재산을 도적질하는 간 큰 도적들이 있긴 하지만, 그것도 작은 영지에서나 일어나는 일이었다.

대륙 전쟁에 발발한 지금 안톤 제국의 군대를 건드릴 간 큰 도적이 있을 리 없었다.

"이제 얼마 후면… 흐흐."

쟈밀 자작은 장밋빛 미래를 떠올리며 히죽 웃었다. 이 보급품만 무사히 운반하고 나면 돈방석에 앉는 것은 물론 전쟁에 지대한 공헌을 하는 것은 당연했다.

쟈밀 자작은 막사 안에 설치된 침상에 걸터앉았다. 이른 저녁이긴 하지만 말을 오래 타서 그런지 피곤이 몰려들었다.

쿵, 쿠구궁―!

퍽, 퍼퍽―!

그때 막사 밖에서 시끄러운 소리가 들려왔다. 막 침상에 누우려던 쟈밀 자작은 고개를 갸웃거렸다.

"무슨 소리냐!"

대답은 돌아오지 않았다. 분명 막사 밖에는 기사들이 대기하고 있을 텐데 말이다.

그때 막사 밖에서 누군가의 다급한 외침이 들려왔다.

"기, 기습이다!"

"전열을 유지해라! 횃불을 밝혀!"

병사들과 기사들의 외침에 쟈밀 자작은 화들짝 놀랐다.

"기습?"

쟈밀 자작은 밖으로 나갔다. 막사 밖으로 나가자 소란스런 소리는 더욱 크게 들려왔다. 병사들의 비명 소리가 주위를 가득 메우고 있었다.

주위는 온통 어두웠다. 횃불은 다 언제 꺼졌는지 빛은 한 점도 보이지 않았다.

"이, 이게 무슨……."

"무슨 상황일까?"

그때 낯선 목소리가 쟈밀 자작의 뒤에서 들려왔다. 화들짝 놀란 쟈밀 자작이 고개를 돌린 순간이다.

서걱—!

살육이 베어지는 소리와 함께 쟈밀 자작의 목이 아래로 떨어졌다.

*　　　*　　　*

"옛날 생각나네."

"난 이런 의뢰는 처음 맡아보는군."

횃불이 다 꺼진 어둠 속에서 두 명의 남자가 이야기를 나누고 있다. 어둠이 깔린 아래로 달빛을 받은 핏물이 흘렀다.

천 명이 넘는 보급부대의 병사들이 모두 도륙당했다. 그들을 기습한 적은 보급부대가 가지고 온 보급품에 기름을 들이붓고 있었다.

"아까운데. 저 정도 양이면 십만 명이 보름은 먹을 수 있는데."

"어차피 우리가 가지고 갈 순 없는 물건이니까. 보급품의 말소가 우리 목적이다."

"뭐, 그건 알지만."

화르르륵―!

이윽고 보급품에 불이 붙기 시작했다. 마차가 나무로 만들어져 있고 내용물이 곡물인데다 기름을 들이부은 터라 보급마차는 빠르게 불이 옮겨 붙었다.

보급품에 불이 붙으면서 주위를 환하게 밝혔다. 그러면서 보급부대를 공격한 이들의 얼굴이 드러났다.

"자알 탄다."

보급품에 붙은 불을 바라보며 칼프가 물었다.

"안톤 제국에서도 이제 똥줄이 좀 타겠지?"

"……그렇겠지. 백만의 대군이라 한들 식량과 무기가 없이는 싸울 수 없는 법이니까."

그의 물음에 답한 사람은 같은 로열 나이트 용병인 마틴이었다.

용병 왕국.

그들이 드디어 움직이기 시작한 것이다.

"안톤 제국도 생각보다 별것 아니네. 이런 단순한 기습에도 어쩔 줄을 모르고."

"횃불만 먼저 꺼뜨리면 그리 어려운 작전이 아니었다. 더군다나 안톤 제국의 멍청한 귀족이 기습을 대비하지 않은 것도 도움이 되었고."

"이렇게 몇 번 더 보급을 끊으면 되는 거지?"

"글쎄. 용병왕께서 별다른 지시를 내리기 전까지는 계속해서 반복해야겠지."

마틴의 대답에 칼프가 이맛살을 찌푸렸다.

"한 번은 쉬워도 점점 어려워질 텐데."

안톤 제국도 멍청하지만은 않았다. 이번에는 보급 물자를 담당한 귀족이 안일하게 대처했기 때문에 비교적 손쉽게 보급물자를 털 수 있었지만, 이후에는 안톤 제국도 보급 물자 호위에 더욱 신경을 쓸 것이다.

물론 칼프와 마틴이 함께하는 로열 나이트 용병단이라면

이 두 배가 넘는 병사들이 호위한다고 해도 보급물자를 털어낼 수 있었다. 하지만 세 배, 네 배가 된다면 안톤 제국과의 전면전이 될지도 모르는 일이었다.

"무엇보다 우리가 용병이라는 사실을 들켜서는 안 되고 말이야."

칼프와 마틴이 몸을 돌렸다. 보급품에 불이 붙은 것을 확인한 이상 지금 당장 그들이 할 일은 없었다.

"자, 그럼 어디 미끼를 무는지 볼까?"

＊　　　＊　　　＊

"뭐라고?"

멘토 백작의 얼굴이 일그러졌다. 그에게 급보를 들고 온 병사는 멘토 백작의 눈치를 살피며 고개를 조아렸다.

"다시 말해보아라."

"보, 보급부대가 의문의 기습을 당해 전멸한 상태입니다. 보급품은 불에 타 더 이상 쓸 수가 없게 되었습니다."

"안톤 제국 땅 안에서 대체 누가 안톤 제국의 보급부대를 습격한단 말이냐!"

멘토 백작의 호통에 급보를 가지고 온 병사는 더욱 목을 움츠렸다. 멘토 백작은 눈이 붉어졌다가 이내 병사의 잘못이 아님을 인지하고는 한숨을 내쉬었다.

"됐다. 알겠으니 가보아라."

"아, 알겠습니다!"

급보를 가지고 온 병사는 명이 떨어지기가 무섭게 막사를 나섰다. 멘토 백작은 지끈거리는 머리를 부여잡았다.

"이걸 어떻게 한다……."

보급품이 끊긴 건 생각지도 못한 변수였다.

물론 전쟁인 이상 왕국 측에서 보급품을 노리는 경우도 충분히 생각해 볼 수 있었다. 하지만 안톤 제국 측에서도 왕국 연합에서 보급품을 노리는지 그렇지 않은지 정도는 살피고 있었다.

"큰일이군요. 남아 있는 식량도 많지 않은데 말이죠."

멘토 백작과 함께 이야기를 나누고 있던 로젠 자작 역시 들려온 급보에 심각한 표정을 지었다. 슈타인 요새에 비축되어 있는 식량이 있긴 하지만 그 정도로는 안톤 제국 병사들의 식량으로 부족했다.

"앞으로 얼마나 더 버틸 수 있겠소?"

"닷새 정도가 한계일 겁니다. 만약 이 사실을 왕국 연합 측에서 알고 카밀라 요새와 토르만 요새에 있는 식량을 불태운다면 저희는 이대로 굶어 죽을 수밖에 없습니다."

카밀라 요새와 토르만 요새를 거쳐 수도에 도착하기까지
는 못해도 열흘이 넘게 걸린다. 더군다나 이 많은 대군을
이끌고 간다면 열흘이 아닌 보름은 걸릴 것이다.

닷새 정도를 버틸 수 있는 식량을 가지고는 무슨 수를 써
도 부족했다. 결국 보급을 받는 수밖에는 방법이 없었다.

"……다음 보급물자는 언제쯤 도착하오?"

"수도에서도 이 사실을 알았을 테니 곧장 다음 보급물자
를 준비했을 겁니다. 아마도 지금쯤이면 준비를 마치고 출
발하지 않았을까 싶습니다. 나흘 정도 후에는 도착할 것입
니다."

"나흘, 나흘이라……."

병사들이 버틸 수 있는 식량이 닷새.

다음 보급품이 도착하기까지는 고작 하루 정도밖에는 차
이가 나지 않았다.

예정대로 보급품이 도착한다면 별 무리가 없었다. 하지
만 이상하게도 멘토 백작은 불안감을 떨쳐 버릴 수가 없었
다.

"병사들의 식사량을 줄이도록 하시오. 만약을 대비해야
할 필요가 있으니."

"바로 조치를 취하겠습니다."

로젠 자작이 자리에서 일어나더니 묵례를 취하고는 밖으

로 나갔다. 담소를 나누던 차, 일이 급하게 돌아가고 있었
다.

멘토 백작은 버릇처럼 손톱을 깨물었다. 불안감이 가시
질 않았다.

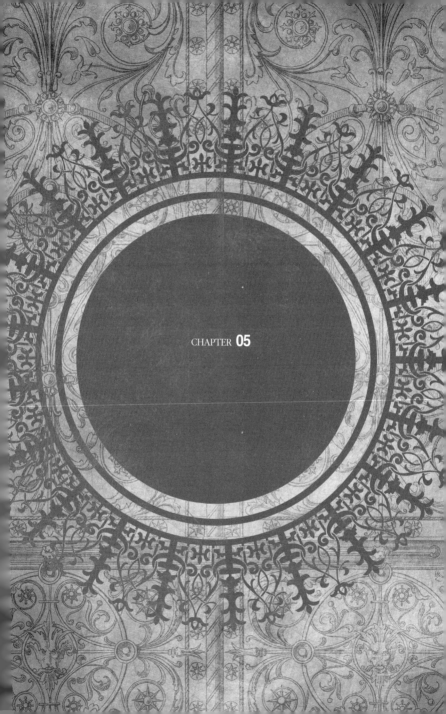

CHAPTER **05**

안톤 제국은 보급품이 털리자 다시금 보급물자를 구하고 병사들과 기사들을 조직해 보급물자를 지키도록 했다. 이전의 두 배에 달하는 병력이었는데, 보급물자를 호위하는 것치고는 지나치게 많은 병력이었다.

하지만 그럼에도 불구하고 안톤 제국은 이번에도 보급품을 지켜내지 못했다.

슈타인 요새까지 향하는 길, 매일 밤마다 보급부대를 공격하는 무리가 있었던 것이다.

그들은 모습을 드러내지 않았다. 일전에 보급부대를 급

습해 몰살시킨 적과는 다른 모습이었다.

조금씩 피해가 누적되고, 사흘이 되던 날 보급부대는 다시 돌아갈 수밖에 없었다.

"이번에도 보급품의 지원은 없단 말이냐!"

멘토 백작은 다시금 애꿎은 전령에게 화풀이를 했다. 전령은 송구하다는 표정으로 이전에 왔던 전령과 마찬가지로 고개를 조아렸다.

으득—!

멘토 백작은 이를 갈았다. 벌써 닷새가 지났다. 병사들이 먹는 식량을 줄였지만 그도 한계가 있었다.

앞으로 나흘 정도. 그 정도가 현재 가지고 있는 식량으로 버틸 수 있는 한계였다. 이대로는 전쟁이고 뭐고 돌아가야 할 판이었다.

잠시 생각하던 멘토 백작이 입을 열었다.

"가서 용병왕을 불러라."

*　　　*　　　*

잠시 후, 멘토 백작의 처소로 용병왕과 루슬릭이 들어왔다. 현 용병 중 가장 실력이 있는 두 사람이고, 멘토 백작은 그들과 이야기를 나누길 원했다.

"무슨 일이시오?"

"용병왕께 부탁드릴 일이 생겼소이다."

멘토 백작의 말에 용병왕은 고개를 갸웃거렸다.

"내게 부탁할 일이라……. 혹 개인적인 의뢰 같은 건가?"

"의뢰는 아니오. 이번 전쟁에 관련된 문제이니."

멘토 백작은 용병왕과 루슬릭에게 보급부대의 상황을 설명했다. 지금껏 멘토 백작과 로젠 자작만이 알고 있는 사실을 그 두 사람에게도 말한 것이다.

"……보급품이 털렸다. 상황이 썩 좋진 않군."

"배 굶고 싸우는 병사만큼 약해빠진 것도 없으니까."

용병왕과 루슬릭은 단번에 상황의 심각성을 깨달았다. 멘토 백작은 그 두 사람을 번갈아보며 말했다.

"그래서 그런데 두 사람에서 보급부대의 호위를 맡아주셨으면 하오."

"보급부대의 호위를?"

"그렇소. 더불어 보급부대를 급습한 적들을 처리해 주었으면 하오."

멘토 백작의 요구에 용병왕은 잠시 생각하더니 물었다.

"상대의 전력은 얼마나 되는가?"

"정확한 건 알 수 없지만 최소 천 명으로 보고 있소."

"천 명이라……."

용병왕이 생각에 잠긴 사이 루슬릭이 입을 열었다.

"데리고 갈 용병들은 내가 고르지."

"⋯⋯네가 말이냐?"

"중요한 일 아니야? 그럼 가능한 손발이 맞는 것들로 데리고 가야지. 게다가 시간도 얼마 없다며?"

적어도 나흘 안에는 보급품을 받아야 한다. 사실상 이대로라면 보급물자를 받지 못해서 돌아가야 하는 상황이나 마찬가지였다.

용병왕과 루슬릭을 부른 것은 이 말도 안 되는 상황을 어떻게든 해결할 수 있지 않을까 해서였다. 이런 일에는 용병들이 더 낫지 않을까 해서 말이다.

"옛날 내 단원들과 몇몇 실력 있는 용병들을 데리고 가도록 하지. 수는 백 명이면 충분해."

"백 명이라고?"

터무니없이 적은 수다. 수천의 보급부대 병사로도 어쩌지 못한 적이다. 그런데 고작 백 명으로 어쩌겠다는 말인가?

"이런 일에는 많은 수를 데리고 움직이는 것보다는 적은 수의 별동대가 용이하지. 시간이 중요한 일이니까. 게다가 예전에 내 밑에 있던 단원들의 실력은 단순히 머릿수로만 생각할 수 없다는 것 정도는 너도 알 거 아냐?"

루슬릭의 말에 멘토 백작은 부정할 수 없었다.

당장 토르와 베어그만 해도 그렇다. 그 두 사람의 괴력은 성문을 찢어버릴 정도이다. 그런 이들이 모여 있는 용병단이라면 단순히 머릿수만으로 전력을 분석하는 것은 멍청한 짓이었다.

"게다가 보급부대를 지키는 다른 병사들도 준비되어 있을 것 아니야? 그들과 우리가 합류한다면 지금까지처럼 멍청하게 당하지는 않겠지."

"……그건 그렇군."

당장 루슬릭과 용병왕만 하더라도 어마어마한 전력이다. 누가 뭐래도 이 두 사람은 현 대륙에서 손에 꼽히는 실력자이니 말이다.

그런 두 사람에 실력 있는 용병 일백. 이들이라면 믿을 만했다.

"아마 지금쯤이면 다음 보급부대가 출발했겠지?"

"다행히 지난번처럼 보급품이 불태워지지는 않았으니까. 보급부대를 조직해 바로 출발했을 테지."

"그럼… 예정대로라면 나흘 후에는 이곳에 도착하겠군."

"예정대로라면 말이지."

나흘. 정말로 딱 떨어지는 일수였다. 이번에도 보급을 받지 못한다면 정말로 전쟁을 포기하고 안톤 제국으로 돌아가야 할 판이다.

"시간이 얼마나 걸리겠나?"

루슬릭을 대하는 멘토 백작의 말투가 바뀌었다.

지금 당장 루슬릭과 용병왕의 도움은 절실했다. 그중 루슬릭은 함께 움직일 용병들의 단장이던 몸이다.

그의 역할에 이번 전쟁의 성사가 달려 있다고 해도 과언이 아니었다. 자연히 루슬릭을 대하는 데 조심스러워질 수밖에 없었다.

"두 시간 안에 애들을 추리지. 이동하면서 먹을 음식이나 잘 싸놔."

"알겠네."

*　　　　*　　　　*

루슬릭과 용병왕은 멘토 백작의 처소를 나왔다. 루슬릭은 징그럽다는 표정으로 용병왕을 바라봤다.

"기다리라는 게 이거였어?"

"장단에 잘 맞추더구나."

"척하면 척이지."

루슬릭은 멘토 백작이 말한 보급부대의 습격이 용병왕이 계획한 것임을 단번에 알아보았다. 그리고 그가 자신과 용병왕을 불러 따로 보급부대의 지원을 가기로 한 것도 모두 용병왕의 계획이었다.

"누굴 보냈어?"

"칼프와 마틴, 그리고 그 아래에 있는 용병 중 실력 있는 녀석들로 각각 오백을 보냈다."

"그놈들 밑에 있는 놈들이지만… 가장 실력 있는 놈들로 오백이면 최소한 B급은 되겠군."

"절반은 그 이상도 되지."

B급 용병이 오백에 A급 용병이 오백.

그중에서는 S급 용병도 몇몇 포함되어 있을 것이다.

용병 왕국의 정예라 할 수 있는 로열 나이트 용병단 중에서도 최정예를 뽑아낸 것이다.

용병 왕국의 장점이 바로 이것이었다. 용병 왕국은 병사가 따로 없고 인구수가 많지 않은 대신 개개인의 실력이 여타 타국의 병사보다 월등히 높았다.

C급 용병만 하더라도 잘 훈련된 정예병과 같은 수준의 실력을 가지고 있었다. D급 용병도 어지간한 영지의 사병과 비교할 만했다.

A급 용병은 어지간한 기사와 비교해도 더 뛰어나면 뛰어나지 떨어지지 않았다.

그런데 B급 용병 오백에 A급 용병이 오백이다.

더군다나 그들을 이끄는 건 현 로열 나이트 용병인 칼프와 마틴.

천 명이 아니라 이천 명의 병사가 보급품을 호위하고 있다고 한들 빼앗지 못할 리 없었다.

"그놈들은 언제 거기로 간 거야?"

"다른 용병들은 이미 오래전부터 안톤 제국에 잠입해 있는 상태였다. 뒤따라간 건 칼프와 마틴 두 사람뿐이지."

"……어쩐지 용병 왕국에 실력 있는 놈이 없다더니 그런 이유에서였나?"

"그게 아니었다면 네가 여기 성히 있을 수 있었겠느냐?"

은근히 루슬릭의 자존심을 긁는 말이다. 동시에 용병 왕국에 대한 자부심을 드러내는 말이기도 했다.

용병 왕국의 저력은 로열 나이트 용병단에 있었다. 그런데 그 로열 나이트 용병단의 정예가 밖으로 빠져 있었으니 루슬릭이 용병 왕국을 헤집고 나올 수 있었던 것이다.

"……됐고, 그럼 이제 어떻게 해야 하는데?"

"칼프, 마틴과 합류한다. 그리고 곧장 안톤 제국의 수도로 향한다."

용병왕의 대답에 루슬릭이 그럼 그렇지 하는 표정을 지었다.

"목표는?"

루슬릭은 알면서도 물었다. 확답을 듣기 위해서.

"황제와 오딘의 죽음."

목표가 정해졌다.

*　　　*　　　*

루슬릭은 단원들을 소집했다. 동시에 요새에 있는 용병 중 실력이 뛰어난 이들을 따로 골랐다.

그렇게 루슬릭과 용병왕을 제외한 용병이 도합 백이 되었다. 멘토 백작은 그들이 이동 중에 먹을 식량과 신분을 증명할 문서를 써주었다.

그렇게 카밀라 요새 인근에서 멀리 떨어져 안톤 제국으로 향하는 날 밤이었다.

"우린 보급부대를 돕지 않는다."

루슬릭의 선언에 단원들을 비롯한 용병들이 어리둥절한 표정을 지었다. 분명 그들은 안톤 제국의 보급물자를 호위하고 보급품을 안전하게 가지고 오는 것이 목표라고 들었는데 말이다.

"우리는 안톤 제국의 수도로 향한다. 목표는……."

루슬릭은 용병들을 둘러보며 힘을 주어 말했다.

"안톤 황제의 목이다."

"······!"

경악한 표정들. 그들은 미쳤냐는 듯 루슬릭을 바라보다가 용병왕의 표정을 살피더니 이미 이야기가 끝났음을 알아챘다.

"그게 무슨 소리요, 단장?"

루슬릭의 밑에 있던 제1 로열 나이트 용병단의 단원이 물었다. 토르를 제외한 다른 단원들은 용병왕에게 별다른 언질을 받지 못한 상태였다.

"용병 왕국은 처음부터 안톤 제국의 의뢰를 받은 것이 아니다."

용병왕의 입이 열렸다. 그들은 이내 루슬릭에게서 용병왕에게로 시선을 돌렸다.

"앞서 말한 것처럼 우리의 의뢰 목표는 안톤 제국 황제의 목을 베는 것이다."

"그럼 대체 지금까지는 왜 안톤 제국과 함께 전쟁을 치른 것입니까?"

"이 한 장을 얻기 위함이지."

용병왕은 품에 넣어두었던 멘토 자작이 써준 문서를 꺼냈다. 그것은 용병왕을 비롯한 용병들이 안톤 제국의 우군이며 중요한 의뢰를 수행 중이라는 일종의 증명서나 다름없었다.

"우리는 안톤 제국과 함께 싸웠고, 안톤 제국의 수도에서 보급품을 안전하게 호위해야 할 의뢰를 맡았다. 안톤 제국의 국경을 아무 조건 없이 넘을 수 있는 조건을 갖춘 셈이지."

안톤 제국의 국경을 넘는다.

더불어 잘만 하면 수도까지 들어갈 수 있는 조건을 갖춘 것이나 마찬가지였다. 지금껏 용병왕이 용병 왕국 전체를 안톤 제국의 편으로 인식하게 만든 이유였다.

"보급품을 공격하고 있는 것은 로열 나이트 용병 칼프와 마틴, 그리고 그 밑의 용병들이다. 우린 그들과 함께 제국의 수도를 공격한다."

"그게 가능합니까?"

제국의 수도다.

아무리 이 자리에 있는 용병들이 대단하고 용병왕과 루슬릭이 함께 있다지만 그곳은 세상에서 가장 위험한 곳이다.

수만의 대군을 이끌고 간다 해도 침공할 수 없는 곳이라는 뜻이다.

"말했다시피 우리의 목표는 안톤 제국 황제의 목이다. 더불어 우리는 지금까지와 마찬가지로 이번에도 보급부대를 공격할 것이다."

보급부대를 호위해야 할 용병들이 돌변하여 보급부대를 공격한다.

그것은 더 이상 안톤 제국의 군대가 왕국 연합과 싸울 수 없음을 의미했다. 그리고 그렇게 된다면 왕국 연합의 반격이 시작될 것이다.

"안톤 제국의 내부와 외부를 휘젓는다. 이미 왕국 연합과는 이야기가 끝난 상태다. 더군다나 제국의 수도 역시 함락이 아닌, 황제의 목을 베는 것이 목표인 만큼 불가능하진 않으리라 본다."

칼프와 마틴, 루슬릭.

무려 세 명의 로열 나이트 용병이 있다. 더군다나 용병왕도 함께이다.

그들이 이끄는 용병들은 용병 왕국의 최정예. 이들이라면 일만 대군과도 견줄 만하고, 안톤 제국은 용병 왕국을 아군으로 생각하고 있다.

여러 가지 상황이 용병왕의 말에 무게를 실어주고 있었다. 무엇보다 용병왕이 하겠다고 한다면 다른 용병들은 따를 수밖에 없었다.

"오래간만에 단장과 일해보겠군요."

토르를 비롯한 단원들의 시선이 루슬릭에게로 향했다. 루슬릭은 그런 단원들을 바라보며 씩 웃음 지었다.

"이번에도 끝내주게 한번 해보자."

"아마도 이번이 단장과 함께하는 마지막 의뢰겠지요?"

"그럴걸. 난 더 이상 용병 왕국에 있을 생각이 없으니까."

루슬릭의 냉담한 대답에도 단원들은 실망하지 않았다. 오히려 한 번이라도 더 그와 의뢰를 함께할 수 있게 되었다는 사실에 들뜬 모습이었다.

"단장과 함께라면 실패는 없겠지."

"카사크가 없는 게 좀 아쉽긴 한데."

"어차피 옛날에 비하면 몇 놈이 비쌓아?"

다른 단원들은 카사크의 부재를 아쉬워했다. 예전부터 토르와 함께 다른 단원들을 이끌어온 만큼 그의 빈자리가 크게 느껴진 모양이다.

"카사크와 파이온은 금방 합류할 거다."

"정말입니까?"

"제라스 왕국에는 오래전에 기별을 넣은 상태이다. 안톤 제국의 국경에서 합류하게 될 거야."

그렇지 않아도 루슬릭은 용병왕과의 싸움이 끝난 후 바로 카사크와 파이온을 불렀다.

그들과는 본래 슈타인 요새에서 보기로 되어 있었지만 상황이 돌변했다. 루슬릭은 루나를 통해 카사크와 파이온을 데리고 안톤 제국의 국경에서 먼저 기다리도록 지시했다.

어차피 그들은 칼프, 마틴과 합류해 보급부대를 공격해야 하니 도착하는 건 루나와 카사크, 파이온이 먼저일 것이다.

"그럼 진짜로 거의 다 모이게 되겠군요."

베어그는 이 상황에서도 빵을 씹으며 히죽 웃었다. 카사크와는 제법 친하게 지낸 그인 만큼 그들과 다시 합류한다는 사실이 즐거운 모양이다.

"그래, 다시 모이게 되는 거지."

루슬릭 역시 웃음 지었다.

*　　　*　　　*

안톤 제국의 국경을 지나 슈타인 요새로 가는 길목에는 언덕과 숲이 있었다. 칼프와 마틴을 비롯한 용병들이 대기하고 있는 곳은 바로 그곳이었다.

루슬릭과 용병왕, 그 밑의 용병들은 칼프와 마틴과 합류했다. 칼프는 용병왕에게 허리를 살짝 숙이고는 루슬릭에게로 시선을 돌렸다.

"오래간만이요, 형님."

"그러게. 생각보다 일찍 또 보네."

칼프는 루슬릭을 어찌 대해야 할지 감을 잡을 수가 없었다. 얼마 전까지만 해도 용병 왕국에 쳐들어와 수많은 용병과 용병 왕국의 두뇌인 렝을 죽이고 도망친 그가 이제는 다시 아군이 되어 있다.

"대체 형은 누구 편이요?"

"난 내 편이지 누군 편이긴."

"아무리 그래도 그렇지, 사람이 좀 한곳에 정착할 줄을 알아야지."

"용병 왕국에 이십 년 정도 붙어먹었으면 오래 정착한 거 아니냐?"

달리 할 말이 없었다. 칼프는 뭔가 할 말이 있는 듯 입술을 달싹이다 다시 입을 다물었다.

"지난날은 잊거라. 지금은 당장 이번 의뢰가 중요하니. 렝을 잃고 루슬릭을 얻었다면 충분하다."

"영감, 난 다시 돌아가겠다고 말한 적 없는데?"

"상관없다. 이번만큼은 우리 편이니."

안톤 제국의 수도를 공격하는 것은 용병 왕국이 지금껏 맡아온 의뢰 중 가장 큰 건이다. 오죽하면 이십 년 동안 의뢰를 일체 맡지 않던 용병왕이 움직였다.

"그래도 형님, 좋으시겠수다. 옛날 단원들이랑 의뢰도 다시 해보고 말이오."

"그래 보이냐?"

"……뭐, 형님이 아군이면 믿을 만한 건 확실하니까. 아무쪼록 잘 부탁드리오."

얼마 되지 않은 날의 기억이 껄끄러울 뿐 칼프도 루슬릭이 아군이라는 건 환영했다. 그가 얼마나 강한지도 알고 있고, 그에 못지않게 용병으로서의 능력도 얼마나 뛰어난지 알고 있으니 말이다.

렝이 죽긴 했지만 어차피 이전 단계는 모두 끝이 났고 이제 필요한 건 안톤 황제의 목을 따는 것뿐이다. 오히려 이 의뢰의 수행하는 데 있어서는 루슬릭이 더욱 적임자였다.

"보급부대의 규모는?"

잠시 회포를 푼 다음 용병왕이 칼프에게 물었다. 칼프와 마틴은 이미 보급부대의 규모에 대해 파악한 뒤였다.

"대략 오천 명 정도 되는 것 같습니다. 그중 기사가 삼백입니다."

"기사가 삼백에 병사가 오천이라… 많군."

"지금까지 당한 게 있으니까요."

상당한 전력이다. 물론 감당하지 못할 정도는 아니다.

천백 명의 정예 용병에 용병왕과 루슬릭, 칼프와 마틴.

이들이라면 보급부대와 정면으로 부딪쳐도 충분히 승산

이 있었다.

문제는 그렇게 되면 용병들의 피해도 적잖을뿐더러 자칫 일이 꼬일 경우 수도에 도착하기도 전에 용병 왕국의 배신이 알려질 가능성도 있었다.

"이번에도 밤에 움직여야 할 것 같습니다."

"뭐, 그게 정론이긴 한데, 그것만으로 될까?"

칼프의 말에 마틴이 반박했다. 이미 두 번이나 사용한 정론을 안톤 제국에서 대비하지 않을 리가 없다고 생각한 것이다.

그것은 칼프 역시 마찬가지로 생각하고 있는 바였다.

"밤에 움직이는 것은 당연한 거고 그다음 수를 생각해야겠지. 저들이 생각하지 못하는."

그러면서 칼프는 루슬릭을 바라봤다.

"뾰족한 방법이 있소, 형님?"

"애초에 밤에 움직이는 것도 이 지형을 염두에 두고 생각한 거겠지?"

이곳은 수풀이 우거진 산 밑이다. 몸을 숨기기가 용이하고 밤에는 기습의 효과를 배로 할 수 있었다.

"그런데 만약 저들이 이곳에 낮에 도착하면?"

"그럼 이곳에서 전투를 할 수 없게 되겠지요. 수풀이라는 지형이 아쉽긴 하지만, 밤이라는 이점을 버리기는 아까우니까."

"애초에 밤이라는 이점은 기습을 하는 그 순간뿐이지 장기전으로 싸움이 이어지면 앞이 보이지 않는 건 양측 모두 마찬가지야. 게다가 이미 저들은 기습에 대비하고 있겠지. 밤에는 더더욱 조심할 테고."

"그럼 어찌합니까?"

"우리 일차적 목표가 뭐지?"

최종 목표는 당연하게도 안톤 제국 황제의 목이다. 그렇다면 일차적 목표는⋯⋯.

"보급품을 불태우는 것입니까?"

"그거지."

루슬릭은 씩 미소를 지었다.

"어쨌든 저 녀석들은 여길 지나가야 하잖아?"

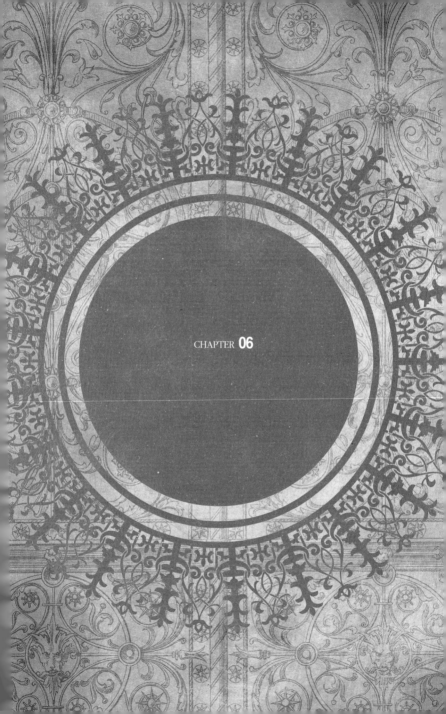
CHAPTER **06**

안톤 제국의 보급부대는 쉬지 않고 움직였다. 하루라도 빨리 슈타인 요새를 지나 안톤 제국의 군대에 보급물자를 전해야 하기 때문이다.

보급물자의 양에 비해 보급물자를 호위하는 병사의 수는 지나치게 많았다. 두 차례에 달하는 습격에 안톤 제국에서 경각심이 생긴 탓이다.

'이 정도면 충분하다.'

이번 보급부대의 호위를 담당한 스타크만 백작은 보급품의 안전을 확신했다.

무려 오천에 달하는 병사에 기사가 삼백이다. 이만한 병력이면 어지간한 왕국의 공작령과 전쟁을 해도 될 정도이다.

물론 그렇다고 해서 경계를 느슨히 하지는 않았다. 상대는 이미 두 차례에 걸쳐 보급을 끊어낸 이들이다. 두 번을 했다면 세 번 하지 말란 법이 없었다.

다그닥—!

숲이 나왔다. 슈타인 요새로 향하는 길, 가장 빠른 길이다.

돌아가려면 돌아갈 수도 있었다. 하지만 그러려면 족히 이틀은 더 시간이 필요했다.

"어떻게 하시겠습니까?"

스타크만 백작의 보좌관이 물었다. 아무래도 숲에다가 경사가 높은 산턱은 위험했다. 혹시 매복이라도 있다면 피해를 입을 수 있었다.

"……계속 간다. 시간이 없어."

잠시 고민하던 스타크만 백작은 결국 이대로 행군을 계속했다.

돌아가기에는 시간이 많지 않았다. 하루 이틀 늦어질수록 안톤 제국의 병사들은 허기가 질 것이고, 자칫 잘못하다가는 왕국 연합의 반격을 당할지도 모르는 일이었다.

그리고 그렇게 된다면 그 책임은 고스란히 스타크만 백작이 뒤집어쓰게 된다. 원래의 경로대로라면 제시간 안에 도착해야 할 것을 지나치게 안전을 추구하다 일을 그르친 것이니 말이다.

"알겠습니다."

스타크만 백작의 판단대로 보급부대는 숲으로 들어갔다. 식량을 실은 마차가 육중한 소리를 내며 언덕을 타고 올라가기 시작했다.

해는 서서히 기울어지고 있었다. 병사들은 나뭇가지를 꺾어 기름을 묻히고 횃불을 만들었다. 수천 명의 병사가 하나씩 횃불을 만들자 숲이 환하게 밝아졌다.

"주위를 잘 살펴라. 혹시라도 수상한 자를 발견하면 즉각 신호하라."

산속, 게다가 밤이다. 언제 어디서 적들이 기습을 해올지 알 수 없었다.

병사들은 조심스럽게 주위를 살피며 나아갔다. 마차가 덜그럭거리며 움직였다. 한동안 기습이 없자 스타크만 백작은 마음을 놓았다.

'포기한 건가?'

하긴 이만한 병력을 보고도 덤빈다는 건 멍청한 짓이다. 두 번이나 보급품을 끊어냈으니 저들도 잘해냈다고 생각할 것이다.

"이게 무슨 냄새지?"

그때 몇몇 병사가 주위를 살피며 냄새를 맡았다.

"기름 냄샌가?"

"누가 기름 흘렸어?"

"글쎄?"

"잠깐. 여기서 나는 냄새가 아닌 것 같은데?"

병사들이 수군거렸다. 이상한 낌새를 눈치 챈 몇몇 기사들이 주위를 살폈다.

이윽고 어느 기사가 근처에 있는 나무에 얼굴을 대고 냄새를 맡았다.

"기름……."

심상치 않은 느낌에 기사가 막 소리를 지르려는 순간이었다.

퍼퍼퍼퍼펑—!

화르르르륵—!

"으아아아아아악—!"

보급부대의 뒤쪽에서 크고 작은 폭발이 일어났다. 병사들은 폭발로부터 도망쳤다.

"부, 불이야!"

"나무에 기름이 뿌려져 있다!"

"함정, 함정이다!"

숲 일대에 뿌려져 있는 기름.

더군다나 근래 들어 비가 오지 않아 나무들은 말라 있던 상태였다.

한번 불이 붙기 시작한 이상 번지는 것은 시간문제였다.

"보, 보급품을 지켜라!"

스타크만 백작은 불이 더 번지기 전에 보급품을 챙겼다. 식량이 들어 있는 보급품은 거대한 불길에 휩싸이면 재가 되어버릴 것이다.

물론 그런 스타크만 백작의 생각은 마음처럼 되지 않았다.

"와아아아아ー!"

복면을 쓴 일단의 무리.

그들이 한 손에는 검을, 한 손에는 횃불을 들고 사방에서 덮쳐들고 있었다.

*　　*　　*

화륵, 화르르르륵ー!

숲은 거대한 불길에 휩싸였다. 어디선가 나타난 복면인들은 횃불을 들고 사방에 고의적으로 불을 붙였다.

그 행동이 제법 민첩했다. 이들이 미리 숲에다 기름을 뿌려둔 게 분명했다.

그리고 그 사이에서 루슬릭이 움직이고 있었다.

사악, 사아악—

"기습이다! 기습이야!"

"보급품을 지켜라!"

"젠장, 대체 몇 놈이야!"

병사들은 우왕좌왕했다. 갑작스러운 복면인들의 기습에 불이 번지는 속도가 빠르다 보니 어떻게 대처를 해야 할지 모를 지경이다.

다른 무엇보다도 불이 번지는 속도가 너무나 빨랐다. 잠시 한눈팔다 보면 주위가 온통 불바다로 변해 버리기도 했다. 당장 보급품을 지키는 게 문제가 아니라 살아남는 데 급급했다.

"보급품을 지키라고, 이 머저리들아! 도망치지 말고!"

"아, 네가 여기 대가리구나?"

도망치는 병사들을 향해 소리치던 스타크만 백작은 바로 옆에서 들려온 목소리에 화들짝 놀랐다.

그리고 그것이 그가 느낀 마지막 감정이었다. 루슬릭의 검이 그의 머리를 떨어뜨려 놓은 것이다.

퍽—!

마차 위에서 아래로 떨어진 스타크만 백작의 머리를 짓밟은 루슬릭은 주위를 둘러봤다.

"자알 탄다."

불길에 휩싸인 병사들.

기름에 적셔진 나무에 붙은 불길은 쉽사리 꺼지지 않았다. 병사 중 상당수는 불길에 휩싸여 빠져나가지 못했고, 우왕좌왕하는 병사들을 공격하는 용병들은 하나같이 실력이 발군이었다.

최소 B급 용병.

더군다나 루슬릭의 단원들도 그 사이에 섞여 있었다. 혹시라도 그들이 놓치는 병사들은 멀리 대기하고 있는 용병들이 처리할 것이다.

마틴과 칼프, 용병왕까지.

아무리 밤이라고는 하나 그들이 도망치는 병사들 하나 잡아내지 못할 리 없었다. 더군다나 불길로 환하게 밝혀진 숲은 도망가는 병사들의 모습을 밝혀주었다.

"너희는 대체 누구냐! 감히 안톤 제국의 행사를 방해하고도 무사할 것 같으냐!"

"응?"

고리타분한 말과 함께 루슬릭의 앞에 나타난 기사들은 용병들과 싸우고 있었다. 그들 중 단장으로 보이는 이가 루슬릭을 향해 달려들며 검을 휘둘렀다.

쐐애애액—!

제법 날카로운 검이 루슬릭의 옆을 스치고 지나갔다. 루슬릭은 여유롭게 검을 피하며 물었다.

"니들은 우리가 누군지 알고 그딴 소리를 하냐?"

"정체를 밝혀라!"

"……와, 진짜 생각 없는 티낸다."

사사삭—

루슬릭의 신형이 미끄러지듯 기사를 향해 나아갔다. 생각 이상으로 빠른 움직임에 기사는 당황하며 뒤로 물러났다.

"그걸 말할 거면 이런 답답한 걸 쓰고 왔겠냐?"

푸욱—

루슬릭의 검이 기사의 머리를 관통했다. 아차 하는 사이에 벌어진 일이다.

다른 기사들은 자신들의 단장이 당했다는 사실에 놀라면서도 다른 용병들을 상대하는 데 급급했다.

루슬릭의 단원들.

그들은 홀로 십수 명의 기사를 감당하고도 여유가 있었다. 토르는 아예 기사들이 휘두르는 검을 손으로 잡아 우그러뜨렸고, 베어그는 기사를 한 손으로 번쩍 들어 무기로 사용하기까지 했다.

단원들을 제외한 다른 용병들 역시 실력이 뛰어나기는 마찬가지였다.

정예 중의 정예인 용병들. 그들 역시 기사들을 어린아이 다루듯 하는 실력자들이었다. 도망친 병사들이 태반이고 불길 속에서 자유롭게 움직이는 실력 있는 용병들은 여차 하면 불길 밖으로 도주하기도 했다.

타닥타닥—

보급품을 실은 마차는 온통 불에 타고 있었다. 경사가 높은 산지에서 마차를 끌고 도주할 곳은 없었다. 사방이 온통 불길이다.

"자, 그럼 이제부터는 사냥인가?"

남은 일은 도주하는 병사들을 잡는 것뿐.

그리고 그전에……

"귀찮은 것들부터 먼저 처리해야겠지."

루슬릭은 마지막까지 저항하는 기사들을 보며 씩 웃음 지었다.

＊　　　＊　　　＊

"단장은 예전이나 지금이나 똑같네."

"사람 죽이는 게 취미인 양반이잖아."

루슬릭의 단원들은 루슬릭이 기사들 사이를 헤집으며 싸우는 것을 힐끔힐끔 보며 서로 이야기를 나눴다. 그 정도로 여유가 있다는 뜻이기도 했다.

병사들은 괴물 같은 실력을 가진 그들을 상대하기를 두려워했다. 당장 사방이 불길로 뒤덮여 있어서 더더욱 그랬다.

"그나저나 우리는 안전한 건가?"

"그러게. 불이 더 번지면 우리도 빠져나가기 힘들 것 같은데."

"등신들아, 그러기 전에 도망쳐야지."

"아, 그런 거야?"

"그래."

아무리 실력이 뛰어난 용병이라도 불바다 속에서 살아남을 수는 없었다. 루슬릭이나 용병왕 정도 되는 실력자라면 모를까, 다른 용병들은 불이 더 심하게 번지기 전에 빠져나가야 했다.

"그때가 언젠데?"

"단장이 알아서 알려주겠지."

"……하긴, 단장이 우릴 죽게 내버려 두지는 않을 테니까."

우지끈―!

베어그는 땅에 박혀 있는 불이 번지지 않은 나무 하나를 뿌리째 뽑아 들었다.

"그럼 그전까지 우린 이것들을 계속 죽이면 되지?"

콰앙―!

그 말과 함께 베어그의 주위에 있던 병사들이 나무에 얻어맞아 날려갔다.

＊　　　＊　　　＊

기사들의 상황은 처참했다. 사방을 헤집고 다니는 한 명을 잡지 못하고 계속해서 목이 베어져 나가고 있었던 것이다.

"대체… 뭐 하는 녀석이야, 저건?"

"며, 몇이나 살아남았지?"

눈에 보이지도 않을 만큼 빠르게 움직이며 기사들을 상대하는 루슬릭은 조금의 여유도 두지 않았다. 조금이라도 빨리 기사들을 처리해야 병사들의 사기가 꺾일 테고, 그만큼 다른 용병들의 손이 편해질 것이다.

"전부 해산!"

그때, 루슬릭이 용병들이 싸우고 있는 곳을 향해 소리쳤다. 그 말이 떨어지기가 무섭게 병사들을 도륙하고 있던 용병들이 불길 밖으로 도망치기 시작했다.

그러자 남은 건 기사들과 병사들, 루슬릭밖에 없었다.

"……뭐 하자는 거지?"

루슬릭을 바라보던 기사가 이를 갈았다. 실력도 실력이지만 이번 명령으로 알 수 있었다.

루슬릭이 이들을 이끄는 자였다. 이제 와서 우두머리를 알았다고 해서 달라질 건 없겠지만, 최소한 분노를 한 명에게로 돌릴 수는 있었다.

"니들 같은 허접들 죽이자고 내 밑에 애들을 같이 죽일 순 없잖아? 불 더 번져서 빠져나가기 어려워지기 전에 도망치게 해야지."

"……네놈은 괜찮다는 것이냐?"

"나야 어떤 상황에서도 죽지 않을 자신이 있으니까."

"자신만만하군."

"내 실력, 방금까지 봤으면서도 그런 소리가 나오냐?"

루슬릭의 대답에 기사는 이를 갈았다. 달리 반박할 만한 말이 떠오르질 않았다.

"대충 절반 정도 남은 것 같으니… 우리 길게 끌지 말자고."

불길 속에서 루슬릭은 검을 들었다.

다른 단원들은 모두 밖으로 빠져나간 상태였다. 남아 있는 건 그 한 명뿐이었다.

그럼에도 기사들은 수세에 몰려 있는 것만 같았다.

"뭐 해, 안 덤비고?"

그 말이 떨어지는 순간,

"으아아아아아악!"

기사들이 거짓말처럼 일제히 루슬릭을 향해 달려들었다.

＊　　　＊　　　＊

"이거 잘도 타는군."

"단장은 무사하겠지?"

도망친 단원들은 불길 주위를 감싸고 있던 칼프와 마틴, 용병왕과 합류했다. 그들은 불길 속에서 뛰쳐나오는 병사들을 하나하나 베어 넘기고 있었는데, 어느 순간부터는 병사들이 거의 나오질 않고 있었다.

이미 도망칠 만한 이는 대부분 도망친 상태였다. 남아 있는 병사들은 저 불길에 휩싸여 죽거나 마지막까지 남아 보급품을 지키며 싸우고 있을 것이다.

불길은 거셌다.

늦가을. 비도 꽤 오지 않은데다가 불을 붙이기 위해 일부러 기름을 부었다.

이런 기세로 불이 붙는다면 규모는 걷잡을 수 없이 커진다. 보통 사람은 저 안에서 제대로 숨도 쉬기 어려울 것이다.

"그 양반은 지옥 불에 빠져도 안 죽을걸."

단원들의 걱정에 다가온 사람은 마틴이었다. 그 옆에 있던 칼프가 멀리 불타고 있는 숲을 보며 중얼거렸다.

"저런 곳에서 죽을 것 같으면 옛날에 진작 죽었겠지. 안 그래?"

맞는 말이었다. 그리고 그것은 오래전부터 루슬릭과 함께 의뢰를 해온 단원들도 알고 있는 사실이었다.

"설마하니 산을 통째로 태워 버릴 생각을 할 줄이야……."

보급부대가 지나가는 산을 통째로 태워 버리자는 생각은 바로 루슬릭이 꺼낸 것이었다.

어찌 보면 가장 합리적인 방법이기도 했다. 산을 통째로 불태우면 도망갈 곳도 없을 테니까. 그들의 목적이 보급부대의 괴멸이 아닌, 보급품을 끊어내는 것임을 생각해 보면 말이다.

하지만 그런 발상 자체는 생각해 낸다 하더라도 선뜻 입 밖으로 꺼내거나 실행하기가 어렵다.

피해가 크기 때문이다.

산에 기름을 들이부어 일부로 불을 낸다면 그다음이 문제였다.

마른 숲에 한번 불이 붙으면 그것을 꺼뜨리기란 쉽지 않았다. 더군다나 기름까지 부었다면 꺼뜨리는 게 거의 불가능하다.

산 하나가 통째로 타버리지 않는 이상 꺼뜨릴 방법이 없다. 비가 오지 않는 이상은 말이다.

하지만 거기에 대한 루슬릭의 생각은 간단했다.

—알 게 뭐야.

산이 타든 말든 루슬릭은 목적을 위해서라면 수단을 가리지 않았다. 그 산이 자신이 속한 제라스 왕국의 명산이거나 용병 왕국의 산도 아니니 상관할 바가 아니었다.

듣고 보면 맞는 말이었다. 조금만 상식을 벗어나 생각해 보면 어떤 게 가장 합리적인지 알 수 있었다.

"이제 슬슬 도망치는 놈들도 얼마 없는데?"

"도망칠 것들은 진작 도망쳤겠지. 그리고 저런 불길에서 지금까지 버틸 놈들이 얼마나 되겠어?"

"하긴 숨 막혀 죽지 않으면 다행이지."

불길에서는 보통 타 죽는 것보다는 연기에 휩싸여 질식사로 죽게 마련이다. 용병들에게 천을 찢어서 만든 복면을 쓰게 만든 이유는 정체를 숨기기 위함도 있지만 기본적으로 그런 점을 대비한 까닭이었다.

"슬슬 우리도 피해야겠어. 어차피 보급품은 다 정리가 됐을 테니 괜히 여기 더 머물러 있을 필요 없지."

"형님은 어쩌고?"

"알아서 내려오겠지. 여기 더 오래 있다가는 우리 애들도 위험해."

불길은 예측하기가 어렵다. 저만치 멀리 있다가도 어느 순간 바로 눈앞까지 다가와 사방을 에워싸기도 한다. 안전을 위한다면 이쯤에서 물러서는 게 정답이었다.

"남은 건 루슬릭이 알아서 하겠지."

*   *   *

뚝, 뚝.

칼끝을 타고 흘러내린 핏방울이 시체 위로 떨어졌다. 검에 피를 묻히지 않고 사람을 베어오던 루슬릭이지만 워낙에 많은 수의 병사들과 기사들을 벤 탓에 피가 묻지 않을 수가 없었다.

"대, 대체 넌 뭐 하는 녀석이지?"

살아남아 있던 기사들과 병사들은 더 이상 싸울 의욕조차 사라진 상태였다.

벌써 루슬릭과 싸움을 시작하고 얼마나 시간이 흘렀을까?

족히 한 시간은 됨직하다. 그 시간 동안 루슬릭은 조금의 흐트러짐도 없이 쉬지 않고 병사들과 기사들을 베었다.

검을 한 번 휘두를 때마다 어김없이 한 명의 목이 날아갔다. 그렇게 빠르게 움직이면서도 조금의 군더더기도 없었다.

사방은 온통 불길로 휩싸여 있다. 연기로 숨이 턱턱 막히고 어떤 병사들은 숨이 막혀 혼절하기까지 했다.

기사들 역시 상황이 좋지 않기는 마찬가지였다. 이런 환경에서 평소처럼 멀쩡히 싸울 수 있을 리 만무했다.

반면 루슬릭은?

"이대로 두면 어차피 알아서들 뒈지겠네."

벌써 수백 명의 기사와 병사들을 베어넘기고도 조금도 지친 기색이 없었다.

기사들은 그런 루슬릭을 괴물 보듯 바라봤다. 이 많은 사람을 죽이고도 아직도 저리 힘이 남아 있다니.

"네, 네놈도 살아 돌아가지는 못할 것이다!"

악에 받친 기사가 루슬릭을 향해 소리쳤다. 숨이 막혀 쓰러져 가는 병사들을 둘러보던 루슬릭이 그 말을 한 기사에게로 시선을 돌렸다.

"왜 그럴 것 같은데?"

"사방이 온통 불길로 가득한데 도망칠 수 있을 것 같으냐?"

"넌 내가 등신 머저리로 보이냐?"

루슬릭은 주위의 불길을 둘러봤다.

"이 정도면 못 빠져나갈 정도는 아니거든."

"그, 그건 불가능……."

"안 되는 건 너나 안 되고, 난 돼."

루슬릭은 그렇게 말하고는 등을 돌렸다.

"어차피 이 정도면 니들도 곧 다 죽을 거고… 난 이만 가 봐야겠다."

"어딜 도망치는가!"

"도망은, 염병하네. 작전상 후퇴라는 말도 못 들어봤냐?"

루슬릭은 그렇게 말하며 불길 속으로 몸을 내던졌다.

"아오, 살 타겠네."

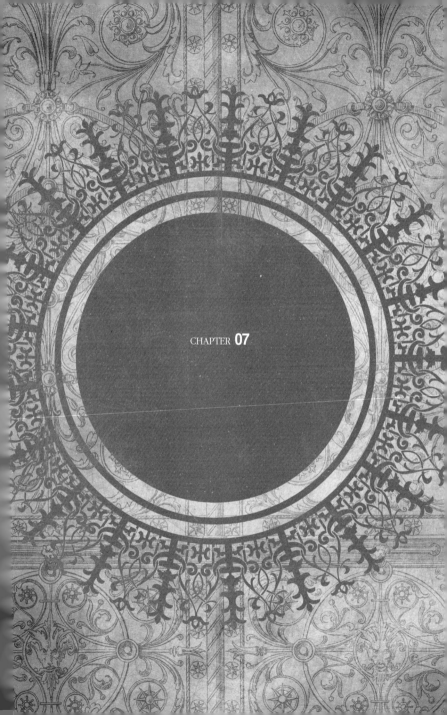

CHAPTER **07**

"단장, 꼴이 그게 뭐요?"

막 불길을 뚫고 나타난 루슬릭을 보며 베어그가 한 말이다. 토르도 말은 안 했지만 그 옆에서 입을 가리며 웃고 있었다.

칼프와 마틴, 심지어 용병왕도 마찬가지로 피식피식 웃었다. 그만큼 루슬릭의 모습은 가관이었다.

"니들이 이런 역할 맡겨놓고 지금 웃음이 나오냐?"

루슬릭은 와락 얼굴을 찌푸렸다.

그 역시 자신의 몰골이 어떨지 정도는 알고 있었다.

옷이고 몸이고 할 것 없이 까맣게 그을려 있었다. 옷은 그렇다 치고 까맣게 그을리고 숯덩이가 묻어 있는 피부는 웃음을 참을 수 없게 만들었다.

"됐고, 빠져나간 놈 있어, 없어?"

루슬릭의 물음에 답한 사람은 칼프였다.

"적어도 확인된 놈은 없습니다. 한두 놈쯤이야 빠져나갔을지도 모르지만, 적어도 열은 넘지 않을 겁니다."

"뭐, 그 정도면 상관없으려나? 어차피 보급품은 확실히 태웠으니까."

보급부대의 말살은 부가적인 일일 뿐 일차적인 목표는 보급품을 끊는 것이었다. 다른 병사들이 포위망을 벗어나 도망쳤다고 해도 당장 안톤 제국으로 돌아가 급보를 전하기는 어려울 것이다.

"적어도 기사급 이상은 전부 제거했으니 병사들 정도는 몇 놈 놓쳐도 큰 문제 없을 겁니다."

"그럼 이제 바로 움직여야 하나?"

"그렇긴 한데… 형님, 어깨는 괜찮으십니까? 듣기로는 부상이 심하다던데."

"아, 이거?"

칼프의 물음에 루슬릭은 어깨를 빙빙 돌렸다.

"다 나았지. 슈타인 요새에 있으면서 며칠 잘 먹고 푹 쉬니까 괜찮아 지더만."

"……정말입니까?"

"사실 나도 확신은 못 했는데, 이번에 싸우면서 확신이 들었다. 이 정도면 충분해. 싸우는 데 문제없어."

루슬릭은 보급부대와의 싸움을 장기적으로 이어가면서 자신의 오른쪽 어깨의 상태를 확인했다.

루슬릭의 회복력은 여타 다른 사람들에 비해 비정상적일 정도로 빠른 편이었다. 원래라면 몇 달은 요양해야 할 상처도 열흘에서 보름 정도면 다 낫곤 했다.

이번에도 마찬가지였다. 지난번에는 큰 상처를 입고 무리하게 싸워서 상처가 덧났을 뿐, 슈타인 요새에서 푹 쉬어 둔 덕분에 상처가 거의 나은 상태였다.

이 정도면 이전처럼 싸우기에 문제가 없었다. 일부러 보급부대를 홀로 붙잡아 두는 역할을 자처한 것도 부상의 정도를 확인하기 위함이기도 했다.

"그럼 곧장 국경으로 가도 되겠군요."

"그전에… 영감."

"왜 그러지?"

"왕국 연합과는 이미 이야기가 다 끝났다고 했지? 그럼 저들은 언제쯤 움직이지?"

이 자리에서 왕국 연합과 연락하고 있는 사람은 용병왕

뿐이었다. 그는 의뢰자가 누구인지도 말하지 않고 홀로 모든 연락책을 담당하고 있었다.

안톤 제국에 들이닥쳐 안톤 황제의 목을 베는 것은 불가능한 일이 아니었다. 하지만 루슬릭은 그 이후의 일을 생각했다.

만약 안톤 황제의 목을 베고 난 뒤 보급품을 지원 받지 못한 안톤 제국의 군대가 되돌아온다면?

고립되어 있는 루슬릭을 비롯한 용병들은 그 자리에서 죽을 수밖에 없다.

왕국 연합의 힘이 필요했다. 적어도 안톤 제국이 내부의 적과 외부의 적을 함께 신경 써야 그곳에서 빠져나올 수 있었다.

"그건 걱정 마라."

루슬릭의 물음에 용병왕은 매우 만족스러운 답을 내어놓았다.

"지금쯤 움직이기 시작했을 테니."

＊　　　＊　　　＊

슈타인 요새를 내어준 후 코멜 백작은 카밀라 요새에서 다음 싸움을 준비하고 있었다. 하지만 아무리 시간이 지나도 안톤 제국 측에서 반응이 없었다.

그러던 차 한 가지 소식이 들려왔다.

안톤 제국의 보급부대가 끊어졌다는 소식. 출처도 알 수 없고 누구의 소행인지도 알 수 없는 소식이었다.

하지만 확인의 필요성은 있는 정보였다. 그 정보가 사실이라면 안톤 제국 측에서 보급부대의 지원을 기다리고 있는 것도 이해가 갔으니 말이다.

게다가 희소식은 그게 다가 아니었다.

"지원군이 온다는 말이오?"

카밀라 요새에는 안데르센 왕국의 귀족 외에 여러 왕국의 귀족들이 모여 있었다. 이제는 슈타인 요새의 전력까지 합쳐져 요새 안에 있는 병력만 하더라도 십만에 가까웠다.

코멜 백작은 카밀라 요새의 사령관인 카마르 백작과 이야기를 나누고 있는 중이다. 이야기의 대부분은 안톤 제국의 동향과 지원군에 대한 이야기였는데, 마침 지원군에 관한 소식이 들려온 것이다.

"각 왕국에서 일만씩을 차출해 도합 오만의 지원이 온다고 합니다."

소식을 들고 온 사람은 안데르센 왕국의 왕성에서 온 전령이었다. 희소식을 접한 카마르 백작은 어두웠던 얼굴을 활짝 피고 물었다.

"오만이라……. 큰 도움이 되겠군. 그래, 책임자는 누가 온다던가?"

"그게……."

"코멜 백작님, 카마르 백작님, 손님이 오셨습니다."

전령이 막 입을 열려는데 밖에서 목소리가 들려왔다. 중요한 이야기를 나누던 카마르 백작은 손님을 잠시 물리려 했다.

"지원군이 도착했습니다."

"벌써?"

카마르 백작이 자리에서 벌떡 일어났다. 전령을 통해 이야기를 전해 듣자마자 도착했다는 것은 안데르센 왕국에 소식이 도착하기 전부터 준비되어 온 일이라는 뜻이다.

"어서 들여보내거라!"

카마르 백작의 말에 전령은 고개를 살짝 숙이며 밖으로 나갔다. 지원군의 책임자가 왔다면 자신이 이 자리에서 별달리 전할 말이 없었다.

문이 열리고 전령이 나감과 동시에 한 사람이 안으로 들어왔다. 건장한 체격의 남자였는데, 기사들이 입는 갑옷을 입고 있는 것을 보면 문가의 귀족은 아니었다.

그는 카마르 백작과 코멜 백작을 보더니 허허롭게 웃었다.

"제라스 왕국의 근위기사단장 네리어드라 하오. 이번 왕국 연합의 새로운 책임자를 맡게 되었소."

"네, 네리어드 경?"

"제라스 왕국의 전신?"

전신 네리어드.

그 이름은 제라스 왕국만이 아니라 대륙 전체를 울릴 만큼 대단한 것이었다.

지금은 죽고 없어진 안데르센 왕국의 검왕 페로 공작.

그리고 안톤 제국의 제일 검인 오딘, 용병왕과 함께 대륙 제일 검에 가장 가까운 인물로 꼽히던 존재.

그런 그가 지금 이 자리에 나타난 것이다.

"네, 네리어드 경께서 이번 전쟁의 책임자가 되었다는 말씀입니까?"

"그렇게 되었소이다."

네리어드는 그렇게 말하며 하나의 문서를 꺼내 두 백작 앞으로 내밀었다.

거기에는 각 왕국의 왕의 인장이 찍혀 있었다. 네리어드를 왕국 연합의 책임자로 임명하는 데 동의한다는 인장이었다.

네리어드는 코멜 백작과 카마르 백작이 있는 곳으로 걸어와 앉았다. 두 백작은 네리어드가 앉는 순간 자리에서 잠시 일어났다가 다시 앉았다. 근위기사단장이라는 신분이 백작보다 높다고 할 수는 없지만, 대륙 전역을 울린 그의 이름 앞에서는 마냥 자신을 낮추게 되었던 것이다.

"안톤 제국의 상황은 들으셨소이까?"

"보급품이 끊어졌다는 사실 외에는 근래 들어 정보가 없습니다."

"보급품은 한 번 끊어진 것이 아니오."

네리어드는 보다 자세한 정보를 가지고 있었다. 그는 세 개의 손가락을 펴 보였다.

"바로 오늘까지 세 번. 안톤 제국은 거의 보름 가까이 보급품을 받지 못하고 있소."

"그걸 어떻게……?"

"어떻게 알았는지는 중요하지 않소. 중요한 것은 안톤 제국이 이대로 요새의 공략을 나서든 후퇴하든 둘 중 하나의 선택을 하게 될 것이라는 점이지."

벼랑 끝에 몰린 안톤 제국의 군대는 선택지가 두 가지밖에 존재하지 않았다. 보급품을 기다리느니 카밀라 요새를 총공격하거나 이대로 돌아가는 것이다.

"하지만 저들도 머리가 있다면 공격을 감행하지는 않을 것이오. 카밀라 요새는 슈타인 요새보다 더 많은 병력이 주둔해 있고 이번에 지원군이 도착하는 것이 포착되었을 테니."

"설사 공격해 온다고 한들 네리어드 경이 있는 지금 안톤 제국과 일전을 벌여볼 만도 하오."

저쪽에 용병왕이 있다고는 하나 이쪽에도 그와 같은 평가를 받고 있는 검사 네리어드가 있다. 루슬릭의 존재가 걸리긴 해도 그 정도는 새로 추가된 지원군의 수를 생각해 보면 충분히 할 만했다.

지금껏 안톤 제국과는 달리 왕국 연합에서 부족했던 것은 고급 인력이었다.

안톤 제국에 있던 용병들로 인해 공성의 이점이 사라진 데다 용병왕, 그리고 루슬릭의 배신에 따른 전력의 차이는 상상 이상이었다. 지금껏 코멜 백작과 카마르 백작은 다음 싸움이 시작되었을 때 전력의 차이를 어떻게 메워야 할지를 고민하고 있었다.

"안톤 제국군은 아마 보급품을 지원받지 못해 다시 제국으로 돌아가게 될 것이오."

"어찌 그렇게 확신하시오?"

"현재 안톤 제국군에는 왕국 연합을 위협하던 용병들과 용병왕, 루슬릭이 없기 때문이오."

네리어드의 확신에 가득한 어조에 코멜 백작과 카마르 백작의 눈이 반짝였다.

"그 정보, 확실한 것이오?"

"확신할 수 있소."

네리어드는 어디에서 구한 정보인지는 이야기하지 않았
다.

하지만 전신 네리어드의 말을 의심할 만한 사람은 없었
다. 무엇보다 이 순간부터 이곳의 책임자는 바로 그였다.

"어떻게 하시겠소?"

"당연한 것 아니오?"

네리어드는 카마르 백작의 물음에 덤덤하게 대답했다.

"이제는 반격할 때요."

＊　　　＊　　　＊

보급부대를 끊어낸 용병들은 곧장 안톤 제국의 국경으로
향했다. 안데르센 왕국과 맞닿아 있는 국경이라 할 수 있는
곳은 바로 안톤 제국의 방패 역할을 하고 있는 영지, 마틸
라 공작령이었다.

루슬릭을 비롯한 용병들이 마틸라 공작령 인근에 도착했
을 때, 루나와 카사크, 파이온, 베가가 그들의 앞에 나타났
다.

"서방! 이제 왔어?"

네 사람의 갑작스러운 등장에 용병들이 경계했지만 용병

왕이 한 손을 들자 각자 무기에서 손을 떼었다. 루슬릭의 단원들은 익숙한 얼굴들이 나타나자 쌍수를 들고 환영했다.

"이거 얼마 만에 보는 얼굴들이야?"

"카사크, 넌 단장 옆으로 따라갈 줄 알았다."

"파이온, 너도 오래간만이다?"

루나는 이미 인사를 나눈 후였고, 다들 카사크와 파이온을 반기기에 바빴다. 카사크와 파이온은 다른 단원들이 렝에게 붙었다고 생각했는데 막상 렝이 죽고 그들이 루슬릭과 함께하고 있는 모습을 보곤 반가워했다.

"그런데 단장, 이 녀석은 누구요?"

토르가 베가를 보고는 물었다. 카사크와 파이온이야 그렇다 치고 베가는 처음 보는 생소한 얼굴이었다.

"베가. 제라스 왕국의 제일 용병으로 이름을 날리던 녀석이다. 실력은 내가 보증할 테니까 걱정 마라."

"어느 정도요?"

"너나 카사크와 맞짱 떠도 할 만할걸?"

루슬릭의 대답에 다른 단원들이 놀랐다.

카사크와 토르, 그 두 사람은 단원들 내에서도 가장 실력이 뛰어난 이들이다. 그런데 로열 나이트 용병단에 속해 있지 않은 용병 중에도 그만한 실력을 가진 이가 있다고 하니

놀랄 수밖에 없었다.

"우리 황제 놈 목 따러 간다면서요?"

이미 루나에게서 이야기를 전해 들었는지 카사크는 잔뜩 들뜬 표정이었다.

"이거 생각 이상으로 화려한 의뢰를 맡았네요?"

"내가 받은 의뢰 아니다. 나중에 의뢰금은 이 영감에게 청구해."

루슬릭은 그렇게 말하면서 용병왕을 손가락질했다. 카사크는 용병왕의 얼굴을 힐끔 바라보더니 속삭이듯 말했다.

"단장, 내 솔직히 단장만큼 용병왕이 편하진 않잖아? 그러니 그건 단장이 해야지 않겠소?"

"……까고 있네. 됐고, 보상은 일 끝나고 나서나 생각해. 잘못하다간 목숨도 부지하기 힘들 테니까."

"쩝. 하긴 이제 와서 발을 뺄 수도 없을 테고."

루슬릭은 베가에게로 시선을 돌렸다.

"이야기 다 들었으면서도 용케 여기까지 왔다?"

"말하지 않았습니까? 전 언제나 단장을 따라가겠다고."

"황제 목 따러 가는 일이라니까. 잘못하다간 저승길 길동무 될 텐데?"

"용병 왕국을 척지는 것보다는 낫습니다. 그리고 덕분에 그토록 동경하던 용병왕을 가까이서 뵐 수도 있고요."

용병왕을 힐끗 바라보는 베가의 눈초리가 예사롭지 않았다. 하긴 어느 용병이 그 유명한 용병왕을 동경하지 않을까마는 베가는 그게 좀 더 특별한 모양이다.

"그럼 다들 결심은 선 거지?"

"어차피 안 간대도 강제로 데리고 갈 것 아닙니까?"

"푸핫!"

파이온의 말에 주위에서 웃음소리가 터져 나왔다. 하긴 예전부터 루슬릭은 그런 편이었다.

"당연하지."

루슬릭은 그렇게 대답하고는 안톤 제국 방향으로 걸음을 옮겼다.

"그럼 지금부터 제국을 접수하러 간다."

*   *   *

마틸라 공작은 천 명에 달하는 용병의 등장에 화들짝 놀랐다. 그리고 그들 사이에 그 유명한 용병왕이 섞여 있다는 사실은 제국의 공작인 마틸라 공작조차도 놀라게 만들었다.

그는 제국의 주요 인물이었다. 전쟁이 발발한 지금 안톤 제국이 밀리게 될 경우 그가 제국의 방패 역할을 해야 한다.

그런 만큼 마틸라 공작은 용병 왕국이 제국과 손을 잡았다는 사실을 알고 있었다. 용병 왕국은 대륙 전체와 전쟁을 치러야 하는 지금 제국의 유일한 우방국이었다.

한데 그런 우방국의 왕이 직접 마틸라 공작령을 찾아온 것이다. 아니, 정확히는 그 길을 따라 안톤 제국으로 바로 들어가기를 원했다.

거절할 이유가 없었다. 명분도 충분했다. 그들의 손에는 멘토 백작이 적어준 문서가 있었다.

우방국이 전쟁 중 보급품 문제로 제국 안으로 발을 들이겠다는데 누가 뭐라 할까? 마틸라 공작의 지극히 상식적인 생각이다.

군이 먼 길을 빙 돌아갈 필요 없이 제국의 정문을 당당히 통과한 것이다.

마틸라 공작은 상상조차 하지 못했다.

고작 천 명의 병력으로 그들이 제국의 수도에서 황제의 목을 베겠다고 나설 것이라고는 말이다.

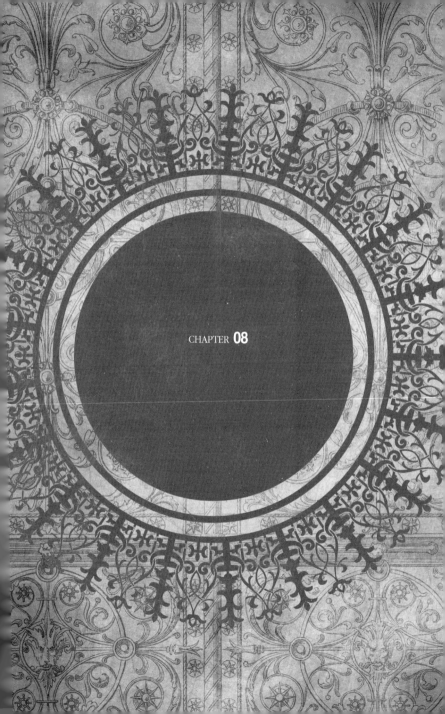

CHAPTER **08**

Return of the
용병귀환
Mercenary

　"심상치가 않군."

　안톤 황제는 계속해서 들려오는 급보에 눈살을 찌푸렸다.

　처음 용병들을 앞세워 몇 개의 요새를 손쉽게 뚫어냈을 때만 하더라도 단숨에 안데르센 왕국의 수도를 함락할 수 있을 것이라고 생각했다.

　용병 왕국의 덕이다. 그들의 힘은 단순히 병사의 머릿수만으로 판단할 수 없었다. 용병이라는 존재는 능력에 따라 전략적인 가치가 무궁무진했다.

하지만 카밀라 요새부터 일이 꼬이기 시작했다.

보급품의 소거. 보급품을 지키던 보급부대는 말살되었고 보급품은 불에 타버렸다.

그래, 거기까진 이해할 수 있었다.

전쟁 도중 보급품을 노리는 전략이야 누구나 생각할 수 있는 일이다. 왕국 연합도 계속해서 밀리는 형국에 그런 선택은 충분히 해볼 법했다.

하지만 그게 두 번이 되어서는 안 되었다.

그리고…….

"이번에도 연락이 끊어졌다지?"

원래라면 보급부대의 도착 소식이 있어야 한다. 보급부대는 도착과 동시에 준비된 마법 물품으로 보급품 전달 소식을 제국에 알리도록 되어 있었다.

하지만 소식이 없었다. 도착이 늦어졌더라도 연락이 있었을 것이고 도착했더라도 연락이 있었을 것이다.

그런데도 연락이 없다는 것은 이번에도 보급부대가 공격을 받았다는 뜻이다.

벌써 세 번째.

더 이상 안톤 제국의 군대는 식량이 남아 있지 않을 것이다.

"……카밀라 요새의 공략은 어떻게 되었나?"

안톤 황제의 물음에 보고를 올린 빈센트 백작은 진땀을 흘렸다.

"원래라면 공략에 들어갔어야 함이 옳으나 카밀라 요새에 왕국 연합의 지원군이 도착하여 공략을 포기했다는 소식입니다."

"공략을 포기해?! 이런 머저리 같은! 그깟 놈들이 뭐가 무섭다고!"

안톤 황제는 성정대로 옆에 있는 술잔을 바닥에 집어 던지며 소리쳤다. 빈센트 백작은 자신의 머리 옆으로 날아온 술잔에 고개를 조아렸다.

"그, 그게 공략을 포기한 것이 용병들을 따로 보급부대의 지원으로 빼두었던 모양입니다."

"용병들을? 흐음……."

빈센트 백작의 대답에 안톤 황제는 이맛살을 찌푸렸다. 확실히 그들을 전장에서 이탈시켰다면 그런 선택을 할 만도 했다.

현재 안톤 제국의 군대에서 가장 큰 역할을 하고 있는 것은 기사들이 아닌 용병이었다. 용병 왕국에서도 가장 실력이 뛰어난 이들로 구성되어 있는 만큼 그들이 빠진 부대가 지원군까지 도착한 왕국 연합과 싸운다는 것은 힘든 일이었다.

"잠깐. 그럼 그 용병들은 어떻게 된 것이지? 보급부대를 지원하기 위해 움직였다고 하지 않았느냐?"

"그것이… 아직 소식이 없다고 합니다."

"소식이 없다? 그게 무슨 소리지?"

"말 그대로입니다. 보급부대와도 연락이 끊어졌고 용병들과의 연락도 되지 않고 있습니다."

"용병들과도?"

안톤 황제는 무언가 일이 심상치 않게 돌아가고 있음을 느꼈다. 보급부대를 지원하기 위해 움직인 용병들에게서 아직까지 연락이 없다는 것은 그들이 다른 움직임을 보이고 있다는 뜻이다.

"대체 뭘 하고 있는 거지?"

"그리고… 또 다른 소식이 있습니다."

"이번엔 또 뭐지?"

"왕국 연합의 지원군 중에 제라스 왕국의 네리어드가 있다고 합니다."

네리어드.

그 이름에 안톤 황제는 물론 그 옆을 호위하던 오딘의 눈이 빛났다.

그만큼 네리어드의 이름은 이 전쟁에서 특별했다.

"드디어 그 녀석이 움직였나?"

검왕 페로의 죽음은 안톤 제국에 있어서 희소식이었다. 가장 경계해야 할 적 중 하나가 사라진 것이었으니 말이다.

하지만 검왕과는 달리 아직까지 살아남아 있는 위험인물이 바로 네리어드였다.

전신.

그 이름은 오딘과 어깨를 나란히 하고 있었다. 물론 객관적인 실력은 오딘이 몇 수 위였지만, 유일하게 그에게 위협이 될 만한 적이라는 사실은 분명했다.

"루슬릭이라고 했나? 그 녀석이 네리어드와 같은 왕국 출신이라지?"

"……그렇습니다. 과거 제1 로열 나이트 용병단의 단장이던 루슬릭이 바로 제라스 왕국의 할리스 백작령의 자제입니다."

"그 녀석이 용병왕과 손을 잡았다고?"

"그렇다는 소식을 들었습니다. 용병왕이 보증을 한 만큼 믿을 만한 이야기라 생각했습니다만……."

그 용병왕도 지금 이 순간 행적이 묘연했다. 만약 용병왕과 루슬릭이 확실한 아군이라면 네리어드를 크게 신경 쓸 필요가 없겠지만 안톤 황제는 어딘가 신경이 쓰였다.

"그 루슬릭이라는 용병……."

그때, 오딘이 입을 열었다.

"그자는 믿으면 안 됩니다."

"오딘 경, 루슬릭을 아나?"

오딘이 먼저 입을 경우는 극히 드물었다. 그는 묻지 않으면 입을 열지 않는 사람이었다.

그런 오딘이 먼저 입을 연데다 한낱 용병을 알고 있었다. 안톤 황제는 눈을 동그랗게 뜨며 오딘에게로 시선을 돌렸다.

"얼마 전 제 상처에 대해 물으신 적이 있지요?"

오딘의 물음에 안톤 황제는 고개를 끄덕였다.

오딘의 목에 있던 상처. 조금만 더 깊이 들어갔으면 죽었을 것이다.

"설마 그 상처가……?"

"네. 루슬릭이라는 그 용병에게 당한 것입니다."

오딘의 대답에 안톤 황제와 빈센트 백작의 눈이 경악으로 물들었다.

안톤 황제야 이미 들어서 알고 있던 사실이다. 오딘의 상처가 용병에게 입었다는 것을 말이다.

하지만 그것이 루슬릭이라는 사실을 확실히 알게 되자 그 놀라움은 더욱 컸다. 말은 하지 않았지만 용병왕에게 당한 것이 아닐까 싶었다.

빈센트 백작의 놀라움은 더욱 컸다.

그는 이미 루슬릭의 존재를 오래전부터 알고 있었지만 그 자세한 실력은 알지 못했다. 제1 로열 나이트 용병단의 단장이라지만, 로열 나이트 용병단의 단장이 한둘도 아니고 그냥 좀 뛰어난 검사 정도로 생각하고 있었다.

한데 오딘에게 상처를 입힐 정도라니.

그 정도면 네리어드와도 자웅을 겨뤄볼 만한 실력이다.

"언제 그를 만난 것이지?"

"꽤 오래전의 일입니다. 제가 근위기사단장이 되기 전이니까요."

오딘이 근위기사단장이 된 지는 오 년이 조금 넘었다. 그때 당시에는 이미 그가 안톤 제국의 제일 검으로 이름을 떨치던 때였으니 루슬릭의 실력도 그와 비슷하다는 뜻이다.

"대략… 칠 년 정도 됐군요."

"칠 년 전이라……."

"아마 검왕을 죽인 것도 그의 작품일 겁니다."

오딘이 조심스레 자신의 추측을 꺼내자, 안톤 황제의 미소가 진해졌다.

"그거 재미있는 이야기군."

생각 이상으로 루슬릭이라는 용병의 실력이 뛰어났다.

검왕 페로를 죽이고 오딘의 목에 상처를 입혔다.

듣기로는 용병왕에게 패하긴 했지만 그와도 꽤나 자웅을

거루었다고 했다.

용병왕의 아래 실력이라면 오딘보다야 못하겠지만, 그 정도만 해도 충분히 만족스러운 실력인 것이다.

"문제는 그가 아군이라는 확신이 없다는 것입니다."

"아군이 아니다? 그가 용병왕과의 약속을 어긴다는 것인가?"

"아닙니다. 가장 큰 문제는… 용병왕이 저희들의 우군이 아닐 경우입니다."

오딘의 말에 안톤 황제의 표정이 딱딱하게 굳어졌다.

"그 말이 사실이라면……."

안톤 황제는 좁혀진 미간은 손가락으로 누르며 중얼거렸다.

"일이 잘못되어도 한참 잘못된 거군."

*　　　*　　　*

"보급품은 아직인가?"

"그게… 아직도 소식이 없습니다."

멘토 백작은 한숨을 푹 내쉬었다. 이제는 더 이상 화를 낼 기력도 없었다.

"……물러나야겠군."

멘토 백작은 결정을 내렸다. 이미 어제만 해도 오늘까지 보급부대가 도착하지 않으면 지금까지 얻은 요새와 영지를 버리고 안톤 제국으로 돌아갈 생각을 하고 있었다.

물론 그것이 현실이 될 것이라고는 상상도 하지 못했다. 보급부대의 규모도 규모였고 용병왕과 루슬릭이 그들을 도우러 갔기 때문이다.

으득—!

"대체 그것들은 뭘 했단 말이냐!"

쾅—!

멘토 백작은 용병왕과 루슬릭에게 분노를 돌렸다. 그에게 소식을 가져온 귀족은 움찔 놀라며 물었다.

"후, 후퇴 명령을 내릴까요?"

"……그래, 그렇게 하거라. 이대로 있다가는 오히려 우리만 위험할 테니. 단, 왕국 연합이 알지 못하도록 밤중에 조용히 떠난다."

현재 왕국 연합은 지원군까지 도착한 상황이다. 아직까지는 안톤 제국의 상황을 확실히 알지 못하는지 침묵을 지키고 있지만, 물러나는 것을 보면 밖으로 나와 역습을 가할지도 모르는 일이었다.

되도록 조용히 밤중에 떠나야 했다. 다행히 안톤 제국군이 자리를 잡은 곳이 카밀라 요새에서 거리가 꽤 떨어져 있는 만큼 밤중이라면 눈에 띄지 않고 물러날 수 있을 것이다.

"알겠습니다. 그렇게 하도록 하겠습니다."

"그래, 이만 가보거라."

"네, 그럼……."

그렇게 막 멘토 백작의 명령을 들은 귀족이 물러나려는 때였다.

"메, 멘토 백작님!"

막사 밖에서 들어온 기사 하나가 허겁지겁 뛰어들어 왔다. 그렇지 않아도 심란하던 멘토 백작은 기사의 분위기가 심상치 않자 자리에서 벌떡 일어나며 물었다.

"또 무슨 일이냐!"

"와, 왕국 연합이… 공격해 오고 있습니다."

"뭐?"

멘토 백작이 화들짝 놀랐다.

왕국 연합의 역습. 그것을 피하기 위해 당장 오늘 밤 군대를 물리려 하던 참이다.

그런데 갑작스레 역습이라니.

"하필이면……."

하긴 생각해 보면 당연한 일이었다.

지금은 왕국 연합과의 전쟁 중이다. 보급품이 끊어진 것은 당연하게도 왕국 연합의 소행이다.

저들도 보급품의 조달이 원활하지 못하다는 것을 알고 있을 터.

그 틈을 노려 공격해 온다고 하더라도 이상한 일은 아니다.

'하지만 단순히 지원군 하나만을 믿고?'

저들이 알고 있는 것은 보급품을 조달이 원활하지 못하다는 것뿐이다.

용병왕과 루슬릭을 비롯한 용병들이 빠져나가 있다는 사실은 알지 못할 터.

그들이 있는 이상 왕국 연합은 쉽사리 먼저 움직이지 못함이 맞았다.

으득—!

어쨌거나 지금은 용병왕과 루슬릭을 비롯한 용병들의 주요 인물들이 빠져나가 있는 상태이다. 그들은 돌아올 기미가 보이지 않았고, 연락도 되지 않았다.

당장은 후퇴할 수밖에 없었다. 이대로 싸운다면 필패였다.

"후퇴한다! 점령한 요새를 버리고 안톤 제국으로 돌아간다!"

"알겠습니다!"

안톤 제국군의 퇴각.

왕국 연합이 처음으로 승기를 거머쥐었다.

* * *

안톤 제국군과 왕국 연합의 전력 차이는 크지 않았다. 오히려 지원군이 도착한 왕국 연합군이 수적으로는 더 많았다.

더군다나 그들의 선봉에 서서 왕국 연합군을 이끄는 사람은 대륙에 전신으로 이름을 떨친 네리어드였다.

왕국 연합은 도망치는 안톤 제국군을 집요하게 추적했다. 한번 후퇴하기 시작한 만큼 안톤 제국군의 사기는 바닥까지 떨어졌다.

더군다나 식량을 아낀다고 근 며칠 동안 제대로 식사를 하지 못한 안톤 제국군이다.

제대로 맞서 싸우지도 못할뿐더러 도망치는 것도 제대로 하지 못했다. 밤중을 틈타 조용히 퇴각하려던 멘토 백작의 생각이 완전히 틀어져 버렸다.

왕국 연합군의 반격.

그들은 빼앗긴 슈타인 요새를 넘어 점차 안톤 제국을 향해 나아가고 있었다.

*　　*　　*

안톤 제국의 수도 라할라는 대륙에서 가장 큰 도시였다.

그곳에 머무는 사람의 수만 해도 백만이 훌쩍 넘었고, 수도방위군은 족히 오만에 달했다. 어지간한 요새보다 공략이 힘든 곳이 바로 라할라였다.

당연히 그곳의 성문 역시 단단하기 그지없었다. 다른 요새는 그렇다 쳐도 라할라의 성문을 열기란 쉬운 일이 아니었다.

"그래서 들여보내 주지 못하겠다?"

"잠시 기다려 달라는 말씀입니다. 용병 왕국의 소식은 들었지만, 이만한 수의 인원을 들여보내기 위해서는 절차가 분명해야 합니다."

용병왕은 성문을 지키는 병사가 문을 열지 않자 이맛살을 찌푸렸다. 용병왕의 이름과 멘토 백작이 적어준 문서가 있으면 수도를 통과하는 게 어렵지 않을 것이라 생각했는데 예정이 틀어진 것이다.

"지금 시간이 없다고 했을 텐데?"

"죄송합니다. 조금만 기다려 주십시오."

완강한 병사의 대답에 용병왕은 난감한 표정을 지었다.

그러던 차에 루슬릭이 앞으로 나섰다.

"너 위에 누구냐?"

"네, 네?"

"너 말고 윗대가리 나오라고 해. 성문 지키는 놈이 너 혼자는 아닐 거 아니야? 말단 병사 새끼가."

막 던지는 루슬릭의 말에 병사는 살짝 눈살을 찌푸렸다. 용병왕이야 그렇다 쳐도 일개 용병이 안톤 제국의 병사인 자신에게 이렇게까지 말을 던지는 것은 자존심이 상하는 일이었다.

"당신은 누구요?"

"적어도 너 같은 말단 상대할 급은 아니니까 닥치고 상관 데리고 와라. 네놈 상대하다가 보급품 조달에 차질 생기면 책임질 거냐?"

루슬릭의 협박에 병사는 잠시 몸을 움츠렸다. 확실히 이들의 말이 사실이라면 일개 문지기 중 하나인 자신이 감당하기엔 너무나 큰일이었다.

"잠시만 기다리시오."

병사는 잠시 성문 위에서 몸을 돌려 사라졌다. 잠시 후 갑옷을 입은 병사가 아닌 반짝이는 플레이트 메일을 걸친 기사가 나타났다.

"제가 이곳의 책임자입니다. 용병왕께서 여기까지는 무

슨 일이십니까?"

"한시가 급한 일이네. 이미 보급부대는 괴멸한 상태이고 이 소식을 전하며 다음 보급품의 조달을 도와야 하네."

"보급부대가 괴멸했단 말씀입니까?"

성문을 지키는 문지기라 해도 전쟁에서 보급품이 가지는 중요성을 모르지는 않았다. 더군다나 그는 안톤 제국 수도 라할라의 성문을 담당하는 책임자였고, 이번 전쟁의 상황도 대략적으로 알고 있었다.

라할라의 문은 허가를 받지 않고서는 열리지 않았다. 특히나 천 명에 달하는 많은 수의 경우 수도의 황성에 직접 기별을 넣어 허가를 받아야만 들여보낼 수 있었다.

하지만 상황이 이러하다면 융통성을 발휘할 법도 했다.

"여기 멘토 백작의 문서도 있네. 한시가 급한데 아직도 기다리게 할 셈인가?"

"으음……."

상대가 용병왕이다. 현 전쟁에서 안톤 제국의 유일한 우방국의 왕이고, 대륙 전역에서도 이름이 자자한 영웅이다.

"그래도 혹여 문제가 생길 수도 있으니 조금만 시간을……."

"얼마나 더 걸리겠는가? 한 시간? 두 시간?"

"확인을 받고 전령이 돌아오려면 두 시간 정도는……."

"두 시간이라……. 자네는 전쟁에서 두 시간이 짧은 시간 일 것 같나?"

용병왕의 음성에 노기가 어렸다. 지금껏 차분하게 타이르는 듯한 목소리와는 사뭇 달랐다.

기사 역시 나름대로 검을 좀 쓴다 하는 검사였지만 용병왕의 음성을 듣자 몸이 뻣뻣하게 굳었다.

"우리가 안에서 문제를 일으킨다면 내가 책임을 지겠네. 이래도 계속 시간이 필요한가?"

용병왕이 자신의 이름을 걸었다.

더 이상 기사는 시간을 끌 만한 명분이 없었다.

'그래, 설마… 뭔 일이야 있겠어?'

이곳은 안톤 제국의 수도이다. 더군다나 용병 왕국은 안톤 제국의 우방국이고.

절차가 있긴 하지만 그 절차가 필요 없을 만큼 문제가 없는 상황이다. 오히려 지금의 상황은 빠른 시간을 요하는 일로 융통성 없이 시간을 끌었다가 사달이 날지도 몰랐다.

설사 용병들이 수도 내에서 문제를 일으킨다 하더라도 수도에 있는 수도방위군이면 큰 문제 없이 일을 해결할 수 있었다.

"……알겠습니다. 열어드리겠습니다."

"고맙네. 빚은 나중에 꼭 갚도록 하지."

용병왕이 표정을 풀었다. 방금 전까지의 사나운 기세는 어디에도 보이지 않았다.

결정을 내리자 한결 마음이 편안해진 기사는 밑의 문지기들을 시켜 성문을 열도록 지시했다.

그렇게 잠시 시간이 지난 후,

그그그그그그극—!

두꺼운 철문으로 만들어진 성문이 조금씩 열리기 시작했다. 육중한 무게가 조금씩 위로 들어 올려지며 곧 수도 내부의 모습이 훤히 들어왔다.

"드디어 왔군."

용병왕이 앞장서 성문 안으로 들어가기 시작했다. 그리고 그의 뒤를 루슬릭과 칼프, 마틴이 따랐다.

*　　　*　　　*

"……용병들이 수도에 도착했다?"

"네. 보급부대가 괴멸되었고 다음 보급품의 조달을 돕기 위해 직접 수도까지 왔다고 합니다."

보고를 들고 온 빈센트 백작은 난감한 기색이 역력했다. 계속해서 들려오는 보고가 좋지 않은 소식뿐인 것이다.

무엇보다 낌새가 이상했다. 연락이 두절되고 사라졌던

용병들이 갑자기 수도에 오다니 뭔가 아귀가 맞지 않다는 느낌이 들었다.

보급품을 조달받지 못했다는 소식은 이미 들어서 알고 있었다. 전장의 상황은 시시각각 전해 듣고 있었다.

보급품을 조달받지 못했고, 안톤 제국군의 주요 전력 중 하나인 용병왕과 루슬릭 등 실력 있는 용병들을 보급품의 조달을 위해 밖으로 내보냈다. 그 때문에 왕국 연합군과의 싸움에서 패배했고, 계속해서 안톤 제국으로 다시금 후퇴하고 있는 실정이다.

이 소식은 안톤 황제에게 있어서 날벼락과 같은 것이었다. 처음의 연전연승을 한 번에 말아먹은 꼴이니 말이다.

그리고 그 이유는 전부 보급품을 안전하게 조달하지 못한 것과 용병들의 부재 때문이었다.

보급품을 조달해야 할 용병들이 홀연히 사라졌다.

그리고 그런 용병들이 제국의 수도에 모습을 드러냈다.

"이상하군."

앞뒤가 맞지 않았다.

용병들이 보급품을 조달하지 못했다면 다시 전장으로 돌아가는 것이 정상이다. 저들이 수도까지 찾아와 보급품을 조달해야 한다고 나설 이유가 없었다.

"어떻게 할까요?"

빈센트 백작은 안톤 황제의 눈치를 살피다 물었다.

누가 보기에도 이상한 이 상황에 안톤 황제가 어떤 결정을 내릴지가 기다려졌다.

"……지금 수도에 방위군이 얼마나 있지?"

"삼만 오천 정도 됩니다. 왕국 연합과의 전쟁에 일만 이천의 병력을 차출했고 얼마 전 보급부대에 삼천 정도를 차출했습니다."

"삼만 오천이라……. 용병들의 수는?"

"보고에 의하면 천 명이 조금 넘는다고 합니다."

"천 명이라……."

잠시 생각하던 안톤 황제가 얼굴을 찌푸렸다.

"설마 싶긴 하다만……."

"네?"

"방위군을 대기시켜라. 전쟁에 준하는 비상을 걸고 언제든 싸울 수 있도록 무장토록 해라."

"갑자기 그게 무슨……."

"어쩌면……."

안톤 황제는 용병왕의 얼굴을 떠올리며 입을 열었다.

"그자들은 짐의 목을 노리고 온 것일지도 모른다."

* * *

저벅저벅—!

우르르르—!

수많은 용병들이 제각각 무기를 들고 거리를 활보했다. 한꺼번에 이 많은 수의 용병들이 무리를 지어 움직이는 광경은 어지간한 전쟁에서도 보기 힘든 것이었다.

"뭐, 뭐야?"

"용병들……."

"용병들이 여긴 왜……."

제국의 수도 라할라의 주민들은 용병들이 거리를 활보하자 각자 하던 일을 멈추고 자신의 집으로 돌아갔다. 라할라에서는 한 명의 용병도 보기가 힘들었는데 갑작스럽게 수많은 용병이 거리를 활보하니 위기감을 느낀 것이다.

천여 명의 용병이 가지는 위용은 어지간한 군대 못지않았다. 그들 하나하나가 용병 중에서도 뛰어난 실력을 지닌 이들이었고 용병왕이 이끄는 만큼 질서정연하기까지 했다.

"거참, 황성 한번 머네."

"이거 호랑이 아가리 속에 들어온 거 맞지?"

"아가리에만 들어가면 다행이지. 뱃속에만 안 들어가면."

루슬릭의 단원들은 소소한 잡담을 나누며 걸었다. 표정

이나 말투와는 달리 그들은 속으로 적잖이 긴장한 상태였다.

안톤 제국의 수도.

안톤 제국이야 용병 왕국을 우군으로 생각하고 있지만, 정작 진상은 서로 적이었다. 용병들은 안톤 황제를 잡기 위해서는 어쩔 수 없이 검을 뽑아 들어야 하고, 그렇게 되면 싸울 수밖에 없었다.

적.

고작 천 명의 용병으로 안톤 제국의 황제를 잡아야 하는 것이다.

말도 안 되는 일이었다. 상식적으로 생각해 볼 때 불가능한 일이었다.

"쫄리냐?"

루슬릭은 서로 잡담을 나누는 단원들에게 물었다. 토르는 대답이 없었고 베어그는 헤헤 웃었다.

표정만 봐도 알 수 있었다.

적잖이 긴장했다는 것을.

루슬릭은 피식 웃었다.

"니들 페로 공작 잡아달라는 의뢰 기억하냐?"

"……기억하죠. 정말 뒈질 뻔했는데."

"그래, 뒈질 뻔했지. 내가 그 미친 영감탱이랑 단둘이 싸울 수 있게 만드느라 니들도 고생했고 나도 그 영감 칼빵 맞고 죽기 직전까지 갔고."

루슬릭의 말에 그 옆에 있던 마틴이 흠칫 놀랐다.

각 로열 나이트 간의 성격상 서로 어떤 의뢰를 했는지는 알지 못했다. 칼프야 루슬릭과 친분이 있어 알고 있었지만, 검왕 페로를 루슬릭이 죽였다는 것은 마틴조차도 처음 알게 된 사실이다.

"검왕을 죽인 게 그럼……."

"응, 나야."

"……역시 인물은 인물이군."

알고는 있었지만 다시 한 번 루슬릭을 인정하지 않을 수 없었다. 마틴은 고개를 저으며 한숨을 푹 내쉬었다.

"그럼 안데르센 왕국과 안톤 제국군의 소규모 격전에서 오딘을 만났을 때는 기억나냐?"

"기억나지. 그때도 죽을 뻔했는데."

"누가 들으면 네가 죽을 뻔한 줄 알겠다? 죽을 뻔한 건 난데."

카사크의 대답에 루슬릭이 핀잔을 넣었다. 그러자 주위에 있던 단원들이 피식거렸다.

"그리고 골로 갈 뻔한 건 나 혼자가 아니거든? 조금만 더 칼빵이 깊게 들어갔으면……."

"단장, 그 말 벌써 열 번도 더 들은 거 아오?"

"말 끊는 거냐? 뒤질래?"

루슬릭의 한마디에 웃음을 터뜨리려던 단원들이 입을 다물었다.

저 말이 이어진 뒤 루슬릭은 항상 한 대씩이라도 단원들을 때리곤 했던 것이다.

주위가 조용해지자 루슬릭이 다시 입을 열었다.

"뭐, 아까 말한 두 번이 아니더라도 수백 건씩 의뢰를 해오면서 죽을 위기는 수십 번은 될 거다. 당장 떠오르는 것만 해도 몇 번이나 되니까."

"뭐… 그렇긴 하지."

"이번에도 마찬가지야. 그냥 좀 위험한 의뢰일 뿐 끝나고 나면 기름지고 맛있는 거 실컷 먹고 진탕 마시고 푹 자면 평소랑 똑같은 거지. 뭐 그리 특별하게 생각하지 말라고."

루슬릭의 말에 단원들은 조금 긴장을 풀었다.

틀린 말은 아니었다. 물론 비교하자면 그때보다 더 어려운 의뢰이긴 하지만, 따지고 보면 어렵지 않은 의뢰는 없었다.

애초에 제1 로열 나이트 용병단과 루슬릭이 나서야 하는 의뢰는 하나같이 다 위험도가 높은 의뢰뿐이었다. 루슬릭이 말한 검왕 페로의 제거와 오딘이 참전한 전쟁은 특별하게 더 위험한 의뢰였을 뿐이다.

다르게 생각할 거 없었다. 의뢰는 의뢰일 뿐이었다.

"거 말 한번 잘했군."

"형님과는 달리 우리는 의뢰를 안 한 지 너무 오래돼서 말이지. 사실 좀 긴장했단 말이지요."

마틴과 칼프 역시 루슬릭의 말에 영향을 받았다.

아무리 로열 나이트 용병이라지만, 그들 역시 실질적으로 앞에 나서서 의뢰를 진행한 지는 꽤 오래전의 일이다. 용병왕 역시 마찬가지였다.

반면 루슬릭은 실력도 그렇고 다른 로열 나이트 용병들과는 달리 실질적인 의뢰를 받아 수행하는 편이었다.

당연히 상대적으로 긴장이 덜할 수밖에 없었다.

"역시 단장은… 대단한 사람이군요."

그들 중 베가의 눈빛이 남달랐다.

실력 면에서는 두말할 것도 없지만 그는 루슬릭의 다른 단원들과는 달리 루슬릭에 대해 아는 것이 그리 많지 않았다.

단지 상식을 벗어날 만큼 강하다는 것뿐이었다.

하지만 이번 루슬릭의 말에서 그가 얼마나 강한지 대충이나마 가늠할 수 있게 되었다.

그 유명한 검왕 페로를 죽이고, 대륙 제일 검에 가장 가까운 검사인 오딘에게 치명적인 상처를 입혔다.

더군다나 이곳까지 오면서 다른 단원들에게 듣기로 부상

을 입은 상태에서 용병왕과 대등한 싸움을 보여주었다고도
했다.

정말이지 말도 안 되는 업적이다. 베가는 내심 점점 더
루슬릭이 존경스러워졌다. 또한 자신이 그런 루슬릭이 만
든 용병단의 단원이라는 사실이 자랑스러웠다.

"당연하지. 우리 서방이 얼마나 멋진 사람인데. 이러니
내가 반하고 안 배겨?"

"이 요물은 뭐 벗겨먹을 게 있다고 계속 단장 옆에 붙어
다니는지."

"그러게 말이다."

"저년 저거 옛날 어릴 땐 귀엽기라도 했지, 지금은 약에
쓰려 해도 쓸데가 없어."

"뭐, 이 새끼들아?"

루나의 말을 시작으로 주위 단원들의 질타가 들어왔다.
루나가 자신의 채찍을 들어 올리며 쌍심지를 켰지만, 단원
중 어느 누구 하나 겁먹는 이 없이 그저 웃을 뿐이었다.

"슬슬 도착하겠군."

가장 앞장서 가던 용병왕은 황성이 가까이 보이자 걸음
을 더욱 빠르게 재촉했다.

잠시 후, 황성의 모습이 한눈에 들어왔다.

"이건 뭐… 왕성이 코딱지만 하게 보일 정도네."

"어마어마하게 크군."

가까이서 황성의 모습을 견식한 용병들의 감상이다.

황성.

안톤 제국은 대륙에서 가장 큰 국가였다. 가장 넓은 땅과 인구, 군대를 보유한 곳이다.

그리고 황성은 바로 그런 곳의 주인이 있는 곳이다. 대외적으로 그를 보여주는 얼굴이자 힘의 상징이었다.

당연히 그 어느 성보다 거대하고 화려해야 한다.

말 그대로 황성은 거대하기 그지없었다.

어지간한 작은 규모의 영지와 맞먹을 정도이다.

수도를 거대한 영지라 비교하자면 영지 안에 또 다른 영지가 있는 것이나 다를 바 없었다.

"그건 그렇고… 여기는 황성에 병사들을 뭐 이리 많이 깔아두지?"

루슬릭은 황성의 성문이 보이자 황당하다는 듯 중얼거렸다.

성문 앞과 위, 그리고 보이지 않는 곳까지 무장을 한 채 서 있는 병사들과 기사들, 그들은 마치 금방이라도 전쟁을 치를 것만 같은 기세였다.

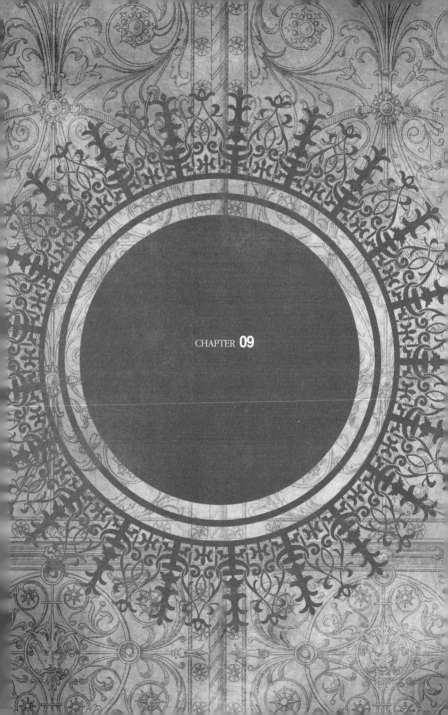

CHAPTER **09**

"무슨 일로 오셨습니까?"

용병왕을 비롯한 용병들이 성문에 가까이 다가가자 가장 직급이 높아 보이는 기사가 앞으로 나섰다. 그의 시선은 결코 곱지 않았는데, 용병들을 잔뜩 경계하는 듯했다.

"환영 인사가 거창하시군. 우리를 맞으려고 준비하신 겐가?"

용병왕은 가늘게 좁혀진 눈으로 병사들을 바라봤다. 그 수가 상당히 많았다. 거대한 황성의 성문 앞과 위, 그 뒤에까지 수많은 병사들이 대기하고 있었다.

"당신이 용병왕입니까?"

"그러네만."

"허가가 떨어지지 않은 것으로 알고 있습니다. 라할라에는 어떻게 들어오셨습니까?"

직급이 꽤 높은 것인지 그는 용병들이 제국의 수도에 발을 들인 것이 결코 정상적인 방법이 아님을 알고 있었다.

라할라의 성문을 연 것처럼 좋게 말로 황성 내부로 들어가고 싶던 용병왕이다. 하지만 역시나 황성은 만만치 않았다.

애초에 이만한 수의 용병이 황성에 발을 들인다는 것부터가 말도 안 되는 일이었다. 용병왕 한 사람이라면 모를까.

"영감, 연기는 이만 하자니까!"

"……그러는 게 좋겠구나."

용병왕이 손을 들었다. 그의 행동에 황성의 입구를 둘러싼 병사들이 잔뜩 긴장했다.

이미 급한 소식을 받고 용병들이 심상치 않음을 전해 들은 차에 용병왕이 심상치 않은 움직임을 보인 것이다.

"토르, 베어그."

"네."

"네."

용병왕의 부름에 토르와 베어그가 재깍 대답했다. 용병왕은 황성 문을 바라보며 물었다.

"저 문, 부술 수 있겠느냐?"

씨익—

토르와 베어그는 서로 닮은 웃음을 지었다.

"두말하면 잔소리지요."

쾅—!

토르와 베어그.

두 사람이 동시에 지면을 박차고 앞으로 뻗어 나갔다.

토르는 건틀릿을 낀 두 주먹을 움켜쥐고, 베어그는 자신의 몸보다 거대한 망치를 들고.

그들의 돌격에 성문 앞을 지키고 있던 병사들이 각자의 무기를 꺼내 들었다.

"막아라!"

"막기는."

콰아앙—!

수십 명의 병사들이 앞을 가로막았지만 토르, 베어그와 부딪치자 멀리 날려가 버렸다.

가장 앞에서 충돌한 몇몇 병사들은 갑옷과 함께 으깨져 피떡이 되었다.

그 충격적인 장면을 보며 루슬릭이 중얼거렸다.

"저 두 놈이 같이 들이밀면 나도 막기 힘들거든."

우드드드득ー!

토르와 베어그.

지금껏 안톤 제국을 도와 요새의 성문을 부수던 이들이다.

몇 미터씩 되는 미스릴을 덧씌운 철문인 라할라의 성문은 부술 수 없겠지만, 요새도 아닌 황성의 성문을 부수는 것쯤은 그리 어려운 일이 아니었다.

우지끈ー!

토르의 주먹이 성문을 파고들고,

콰앙ー!

베어그의 망치가 성문의 한쪽을 박살 냈다.

병사들은 그들을 감히 가로막지 못했다. 그들과 부딪친 병사들이 피떡이 되어 터져 나가는 것을 보고 어떻게 겁 없이 덤벼들 수 있을까?

"막아! 막으란 말이다!"

"우린 뭐 광대냐?"

기사들의 외침에 병사들이 움직이려 하자, 루슬릭이 가장 먼저 움직이기 시작했다.

토르와 베어그가 성문을 부술 수 있도록 시간을 벌어준다.

그것이 다른 용병들의 역할이었다.

"지금부터 황성을 접수한다!"

용병왕이 검을 꺼내 높이 들어 올렸다.

그의 외침이 천 명에 달하는 용병들의 귓속을 파고들었다.

"와아아아아아—!"

용병들이 함성을 질렀다.

그리고 그 함성은 황성의 깊숙한 곳까지 퍼져 나갔다.

*   *   *

"와아아아아—!"

시끄러운 함성 소리는 작은 소리로나마 황제가 기거하는 대전까지 들려왔다.

그리 큰 소리는 아니었다. 황성이 워낙 방음이 잘되는 까닭이다.

달리 생각해 보면 저 멀리서부터 대전 안까지 소리가 들릴 정도로 함성 소리가 크다는 뜻이기도 했다.

"……역시 그런 건가?"

으득—!

함성 소리에 안톤 황제는 이를 악물었다.

용병들의 함성 소리.

분명 수도에 발을 들여도 된다는 허락을 하지 않았을 터이다. 천 명이 넘는 수의 인원이, 그것도 무장을 한 사람들이 수도에 발을 들이기 위해서는 황제의 허가가 떨어져야하니까.

그럼에도 용병들은 수도에 발을 들여놓았다. 게다가 저렇게 함성을 내지르고 있다.

생각해 볼 수 있는 것은 하나뿐이었다.

"감히 짐에게 칼을 돌려?"

배신.

용병들이 배신을 한 것이다.

애초에 이상한 점이 한두 가지가 아니었다.

슈타인 요새를 공략했을 때까지만 해도 일이 편안하게돌아가는 듯했다. 하지만 그 이후 처음 보급부대가 끊어졌을 때부터 이상함을 눈치채야 했다.

왕국 연합은 안톤 제국과 전쟁을 치르고 있었다. 물론 전쟁인 만큼 보급부대를 노리는 전략은 충분히 해볼 법한 전략이다.

하지만 그럴 만한 여력은?

운 좋게 한 번은 가능하다 쳐도 두 번은 아니었다. 안톤제국의 정보망은 왕국 연합에 집중되어 있었고, 삼천에 달하는 보급부대를 상대할 만한 전력이 빠져나갔다면 정보가 들어와야 함이 옳았다.

하지만 왕국 연합에서 따로 그만한 병력이 빠져나갔다는 정보는 없었다.

그렇다면?

용병이었다.

보급부대를 끊어낸 이들. 용병 왕국의 용병이라면 충분히 가능한 일이었다.

기사만큼 뛰어나지는 않더라도 용병 왕국의 용병이라면 어지간한 정예병보다 뛰어난 실력을 가지고 있다. 그중 등급이 높은 용병들의 경우 기사와 맞먹거나 혹은 그보다 더 뛰어난 실력을 가지고 있기도 했다.

그들이라면 소수 정예로 보급부대를 끊어내는 것도 가능했다. 작전에 능한 용병이 있다면 손쉬운 일일 것이다.

용병왕.

그의 밑에는 그런 용병이 여럿 있었다. 왕의 용병이라 불리는 로열 나이트 용병들이 바로 그들이다.

"애초부터 짐을 잡을 생각이었다는 것인가?"

뿌드드득―!

안톤 황제는 이를 갈았다.

아무리 화가 나도 체면이 있어 이를 간다거나 하는 품위

없는 행동은 하지 않던 그다.

그런 그가 화를 주체하지 못할 만큼 화가 났다.

"오딘."

"예, 폐하."

언제나 안톤 황제의 옆을 지키는 기사.

그가 안톤 황제의 명을 받았다.

"황실 근위기사단을 움직여라. 저 못 배워먹은 용병들의 목을 베어라."

황실 근위기사단은 안톤 제국의 제일 기사단이자 대륙 제일의 기사단이다. 수도방위군과 함께 황궁과 수도를 지키는 검이기도 했다.

오직 황제의 명이 있어야만 움직인다는 기사단.

애초에 용병들의 등장 직후 황실 근위기사단도 준비를 마친 상태인지라 움직이기만 하면 당장 용병들과 싸울 수 있을 것이다.

"……명을 받들겠습니다."

오딘,

그가 움직이기 시작했다.

*   *   *

쾅―!

거대한 성문이 박살 나 거대한 구멍이 뚫렸다.

단 두 사람에 의해 벌어진 광경이다.

성문 앞을 가로막고 있던 병사들은 온몸이 으깨져 바닥을 나뒹굴었고, 용병들은 황성 앞을 지키고 있던 병사들과 기사들을 공격하고 있었다.

"성문이 뚫렸다! 황성을 점거해라!"

용병왕은 그렇게 소리치며 앞장서 황성 안으로 발을 들였다.

황성 앞을 지키고 있던 수도방위군의 수는 족히 수천에 달했다. 성문 안으로도 수많은 병사들이 용병들을 막기 위해 우글거리고 있었다.

기사들 역시 마찬가지. 병사의 수에 비해서는 적지만 기사들 역시 백 명은 되었다.

"영감, 힘 좀 쓰지?"

루슬릭이 용병왕의 뒤를 밟으며 그의 등을 떠밀었다. 그러자 용병왕은 허허 웃으며 말을 받았다.

"다 늙은 퇴물을 시키면 쓰나."

"난 그럼 그 퇴물한테 진 건가?"

"지금 싸우면 모르지 않겠느냐?"

"……됐고, 애들 사기 띄우기엔 나보다는 영감이 움직이는 게 낫지 않겠어?"

루슬릭의 실력이야 두말할 것도 없지만 용병왕은 상징적인 존재였다.

모든 용병의 왕이자 우상.

용병 왕국을 세운 장본인.

하지만 정작 그의 실력을 눈으로 목격한 용병은 그리 많지 않았다. 슈타인 요새에 함께 있던 용병들은 그와 루슬릭이 싸우는 모습을 보았지만, 이 자리에 있는 용병 중 대부분은 용병왕의 실력을 거의 보지 못한 상태였다.

소소한 전투는 몇 번 있었지만 그만한 전투로는 용병왕의 실력을 모두 보이기에 부족했다.

사기.

지금 용병들에게 가장 필요한 힘이고 그것을 단숨에 끌어올릴 수 있는 사람은 바로 용병왕이었다.

"그럼 어디 간만에 뼈마디나 좀 풀어보지."

저벅—!

성문 안쪽에 있는 병사들과 기사들을 향해 용병왕이 한 걸음씩 다가갔다. 그 뒤를 루슬릭의 단원들을 비롯한 용병들이 뒤따르려 했으나 루슬릭이 손을 들어 말렸다.

"괜히 힘 빼지 말고 영감이 길 뚫으면 바로 황성 안으로 달려갈 준비나 해라."

왕과 황제가 기거하는 곳은 성 내에 있는 여러 개의 건물 중 가장 크고 높은 건물이다. 한눈에 들어오는 둥근 모형의 거대한 궁전은 거리가 꽤 되었다.

"돕지 않아도 괜찮습니까?"

베가가 물었다. 아무리 용병왕이라 하지만 병사의 수가 꽤 많았다. 그 혼자 길을 만든다는 게 과연 가능할까 싶었던 것이다.

"뭐, 소문처럼 일검에 수백 명을 베는 건 아니지만… 저 영감 실력도 나 못지않으니까."

"졌다면서요?"

"뒈질래? 그건 내가 부상을 입었을 때고."

퍼억―!

"됐고, 길은 금방 뚫릴 테니까 저 영감이 길을 만들면 그 사이로 파고든다. 명령이나 전해."

"네. 알겠습니다."

베가는 루슬릭에게 맞은 뒤통수를 매만지며 뒤쪽의 용병들에게 명령을 전달했다. 그러는 사이 용병왕은 병사들이 있는 곳에 도착했다.

"길을 좀 비켜줬으면 하는군."

"아무리 용병왕의 이름이 높다지만 이러고도 무사할 줄 아시오!"

용병왕의 요구에 가장 앞쪽에 있는 기사가 내놓은 정말이지 쓸데없는 소리였다. 그럴 줄 알았다는 듯 용병왕은 고개를 두어 번 주억거린 뒤 검끝을 병사들을 향해 겨누었다.

"그럼 이제부터는 내 식대로 하겠소."

"어디 마음대로 해보⋯⋯."

서억―!

부드럽게 베이는 소리가 기사의 말을 가로막았다.

아니, 더 이상 말을 할 수 없게 되었다.

그리고 그와 같은 꼴이 되어버린 사람은 그 혼자만이 아니었다.

촤아아아악―!

피분수가 뿜어졌다. 기사 혼자만이 아닌, 그 주위의 병사들까지도.

단숨에 십여 명의 기사와 병사들의 목이 베어지고 피분수가 솟구쳤다. 용병왕의 신형은 어느새 방금 전에 있던 자리에서 병사들의 틈바구니 속으로 섞여들어 있었다.

타다닥―!

그리고 또다시,

촤아아아악―!

피분수가 튀어 오르며 용병왕의 신형이 움직이기 시작했다.

"뭐, 뭐야?"

"어디로 간 거야?"

"갑자기 이게 어떻게 된……."

서걱—!

서걱, 서걱—!

좌아아아악—!

귀신이 곡할 노릇이었다.

갑작스럽게 주위에 있는 아군 병사들의 목에 가느다란 선이 생기더니 피분수가 솟구쳤다.

마치 마법을 보는 것만 같았다. 검으로 이런 일이 가능할 것이라고는 생각할 수 없었다.

그렇게 순식간에 수십, 수백 명의 병사가 베었다. 용병왕은 다른 방향으로 움직이지 않고 오직 한 방향, 황성으로 향하는 방향에 있는 병사들만을 베어 넘기며 길을 만들었다.

조금 뒤, 병사들이 그 사실을 깨달았다.

황제가 기거하는 궁전.

수많은 병사 중 그 길을 가로막는 병사들만이 용병왕의 사살 대상이었다.

"이, 이것이… 용병왕……."

병사들은 기가 질려 버렸다.

어떻게 움직이는지 제대로 보이지도 않았다. 잔상이 있어 검을 휘두르면 신기루처럼 흩어져 버렸다.

잡을 수 없는 귀신을 상대하는 기분이다. 무작위로 검을 휘둘러도 걸리는 것은 없었다.

죽지 않기 위해서는 도망치는 수밖에 없었다.

자연히 황성으로 향하는 길이 만들어졌다.

턱―!

용병왕의 모습이 다시 나타났다.

"후우―!"

작게 숨을 내쉰 그의 이마에는 땀방울 몇 송이가 맺혀 있었다.

그것이 순식간에 헤아릴 수 없이 많은 수의 병사와 기사들을 학살한 사람의 모습이었다.

용병왕은 아직까지도 기다리고 있는 다른 용병들을 보며 입을 열었다.

"뭐 하느냐, 따라오지 않고?"

그런 그의 모습이 너무나도 여유로워 지켜보고 있던 용병들조차도 넋이 나갈 정도였다.

*　　　　*　　　　*

용병들은 용병왕의 뒤를 따라갔다. 이미 용병왕의 실력에 기가 질린 병사들은 용병왕은 물론 용병들을 향해서도 쉽사리 덤벼들지 못했다.

길고 넓게 뻗은 길에는 병사들의 시체가 가득했다. 여전히 용병왕은 덤벼드는 병사들을 순식간에 베어 넘기며 위협하고 있었다.

그 움직임이 어찌나 빠른지 병사들은 덤벼드는 순간 죽을 것이라는 공포에 휩싸였다.

기사들 역시 별반 다르지 않았다. 명예롭게 싸우다 죽는 것이면 두렵지 않을 것이라 외치는 이들조차도 마찬가지였다.

싸우다 죽는다면 명예롭기라도 하지, 검을 뽑고 달려드는 즉시 목이 달아나 버리니 어찌 무섭지 않겠는가.

"여전하네, 저 영감."

용병왕을 보며 중얼거린 루슬릭의 말에 베가가 어처구니없다는 듯 물었다.

"……저게 여전한 겁니까?"

"그래. 처음 봤을 때도 딱 저만한 실력이었으니까. 체력은 오히려 더 떨어졌고."

용병왕의 실력에 대한 루스릭의 평가는 간결했다.

여전하다.

그것이 전부였다.

루슬릭은 용병왕의 실력을 알고 있는 몇 안 되는 사람 중 하나였다. 다른 로열 나이트 용병조차도 용병왕의 정확한 실력을 가늠하지 못했다.

"나이를 먹어서 그런가? 실력에 발전은 더 없네."

"서방보다 더 강한 것 같은데?"

루슬릭의 옛 단원들 역시 용병왕의 실력을 제대로 보는 건 처음이었다. 루슬릭과의 싸움이야 제대로 눈으로 좇기도 어려워 실감이 나지 않았지만, 일반 병사들과 기사들을 저렇게까지 학살하는 것은 루슬릭도 불가능한 일이었다.

"진짜로 내가 저 영감보다 약했으면 부상도 입었는데 발렸겠지."

"음, 그건 그런데……."

"좌우로 움직이면서 여러 명을 베는 기술은 저 영감이 다수의 적과 싸우기 위해 터득한 검술이야. 나도 자주 써먹긴 하지만 저 영감이 원조지."

"아, 그러고 보니 서방도 자주 그렇게 싸우긴 하지."

팔로 검을 휘두르는 범위에는 한계가 있었다. 아무리 많은 수를 베려 해도 범위는 한정되어 있었다.

하지만 검을 뻗은 상태에서 다리를 움직이며 그 힘으로 베어낸다면 범위는 극대화되기 마련이다. 그렇게 되면 일

검에 수십 명의 목을 베어내는 것도 가능했다.

물론 아무나 가능한 기술은 아니었다.

눈에 보이지 않을 만큼 빠르게 움직여야 하며, 팔을 휘두르지 않고 검을 뻗고 내달리며 움직이는 힘만으로 목을 베어야 할 만한 힘이 있어야 했다.

더군다나 자신보다 압도적으로 약한 적을 상대할 때만 사용할 수 있는 기술이기도 했다. 루슬릭이나 용병왕 정도 되는 수준의 검사가 아니면 엄두도 내지 못할 기술인 것이다.

"다리는 나보다 저 영감이 더 빨라. 물론 검은 내가 더 빠르지만. 다리가 빠른 만큼 저 기술로 다수를 상대하는 기술도 저 영감이 나보다 낫지. 적어도 단기간에 다수를 상대할 때 저 영감보다 탁월한 사람은 이 대륙을 이 잡듯 뒤져도 없을걸."

"……역시 용병왕이군요."

용병왕.

두말할 것 없는 최고의 검사이자 용병들의 우상이지만 직접 그 실력을 견식하자 입이 다물어지지 않을 지경이다.

베가는 루슬릭과 용병왕 두 사람을 머릿속에서 저울질했다.

과연 누가 더 강할까?

루슬릭이 패했다고는 하지만 그것은 어디까지나 그가 부상을 당했을 때다. 지금은 부상도 나았다고 하니 다시 싸운다면 승패를 가늠하기 어려웠다.

"저 영감 혼자서 전장 하나를 싹 쓸어버린 적도 있었다고 하니까. 물론 지금은 체력이 떨어져서 안 되겠지만."

체력.

용병왕의 가장 큰 문제였다.

아무리 실력이 뛰어난 검사라 해도 나이는 속일 수 없었다. 검이 더 정교해지고 빨라질 수는 있으나 신체적 나이는 솔직했다.

물론 몇 시간 정도는 쉬지 않고 싸울 수 있을 것이다. 하지만 싸우면 싸울수록 점점 검이 무뎌지고 움직임이 둔해진다.

그것이 체력의 중요성이다. 일전에 루슬릭과의 싸움에서 용병왕이 빠르게 결판을 지은 것도 장기전으로 갈수록 자신이 불리해질 것을 알고 있기 때문이었다.

다른 건 몰라도 체력만큼은 아무리 노력해도 나이를 먹으면 어쩔 수 없었다. 용병왕 역시 마찬가지였다.

"확실히 알겠네."

"뭐가 말입니까?"

"지금 싸우면 내가 이겨."

루슬릭은 확신했다.

십 년 전만 해도 루슬릭은 용병왕을 이길 수 없었다. 오년 전에는 반반이라 생각했다.

하지만 지금 루슬릭은 용병왕을 이길 수 있다는 확신이 들었다.

"……그 말, 진짭니까?"

"그럼."

루슬릭은 씩 웃으며 자랑하듯 말했다.

"난 사흘 밤낮을 싸울 수도 있거든."

"……그건 좀 징그럽군요."

사흘 밤낮을 싸운다.

말이 사흘 밤낮이지 상상만으로도 토가 나올 지경이다. 과장이겠지 하며 생각해 봐도 루슬릭이라면 정말 사흘 밤낮을 싸울 수 있지 않을까 싶기도 했다.

루슬릭은 앞서 달려가는 용병왕을 바라봤다. 그가 움직임에 따라 병사들이 좌우로 갈라지는 모습은 참으로 이질적이었다.

하지만 루슬릭의 눈에는 용병왕의 모습이 조금씩 위태로워 보였다.

'저렇게 조절 안 하고 움직이다간 금방 힘이 빠지겠군.'

물론 큰 문제는 아니었다. 조금 숨이 차고 땀을 흘린다 해도 그의 실력이 어디로 가지는 않으니까. 지쳐도 조금 쉬면 다시 움직일 수 있을 것이다.

'내가 오딘을 맡아야 하는 이유도 이 때문이겠지.'

용병왕은 다수의 병사들을 맡아 적의 사기를 떨어뜨리고 용병들의 사기를 드높였다.

그것만으로도 용병왕의 역할은 끝난 것이나 마찬가지였다. 홀로 전장의 판도를 뒤바꿔 버린 것이다.

그리고 그 역할을 함에 따라 용병왕은 체력을 꽤 많이 사용했다. 조무래기들 정도를 상대하는 건 문제가 없겠지만, 체력이 빠진 상태로 오딘과 같은 강자를 상대하는 건 무리였다.

그렇기에 루슬릭이 필요했다.

오딘 그는 루슬릭이 맡아야 할 상대였다.

"이거 골치 아픈 것만 나한테 미룬단 말이지."

"미안하게 됐구나."

"역시 듣고 있었구만."

자신의 중얼거림에 답하는 용병왕을 향해 눈살을 찌푸린 루슬릭은 주위를 둘러봤다.

"이거 점점 수가 더 많아지는데?"

"괜히 제국이라는 이름을 쓰겠느냐? 수도방위군만 해도 몇 만은 될 게다. 내가 수천 명을 베어도 티도 안 나겠지."

병력의 차이는 명확했다. 아무리 용병왕이 일인 군단과 같은 역할을 한다고 해도 안톤 제국의 수도에 있는 방위군을 전부 감당할 수는 없었다.

방위군은 점점 더 많이 몰려들고 있었다. 황성 곳곳에서, 심지어는 황성 밖에 나가 있던 병사들까지 모여들었다.

단순히 가로막고 있던 병사들을 베어 길을 만드는 것이라면 몰라도 사방에서 몰려드는 병사들을 모두 한 명이서 감당할 수는 없었다.

"황성에 진입하는 즉시 일부는 황성 밖에서 들어오는 병사들과 기사들을 막는다. 인원은 삼백 명."

"삼백으로 되겠소?"

루슬릭의 명령에 마틴이 토를 달았다. 아무리 막는 것에 지나지 않는다지만 고작해야 삼백 명으로 황성의 입구를 막는 것은 무리가 아닐까 싶었다.

"한 시간만 버텨. 입구가 그리 넓지 않아서 불가능하진 않을 거야."

"……불가능하진 않더라도 힘들겠소만."

"언제는 안 힘들었냐? 아, 넌 의뢰 안 한 지 꽤 됐지?"

"그래도 힘든 건 힘든 거요."

"베어그 줄게. 그럼 됐지?"

"그렇다면야……."

다른 사람은 몰라도 베어그는 다수의 적과 싸우는 데 특화되어 있는 용병이다. 움직임이 둔하고 느려서 강자와의 일 대 일 싸움에는 약하지만 무지막지한 괴력에서 나오는 힘은 수비에 용이했다.

베어그의 도움이 있다면 버티는 정도는 해볼 만했다. 마틴은 그렇게 판단했다.

마틴이 루슬릭의 곁에서 떨어져 뒤따라오던 용병들과 합류했다. 그는 빠르게 용병들을 추리더니 그들에게 루슬릭이 말한 명령을 전달했다.

황성의 성문을 넘어 병사들과 기사들이 우글대는 정원을 지났다. 황성의 정원만 하더라도 크기가 꽤나 넓어서 이십여 분을 뛰어 겨우 황제가 기거하는 황성에 도착할 수 있었다.

"그럼 잘 좀 부탁한다."

"염려 마쇼."

"베어그, 너도 남아서 돕고."

"알겠어, 단장."

마틴과 베어그는 그렇게 대답하고는 선별한 용병들과 함께 황성으로 들어서는 입구를 막아섰다. 이미 용병왕과 루슬릭에 의해 황성 입구를 뚫은 상태였고, 황성 밖에 있는 다른 방위군들이 용병들을 쫓아서 황성 안으로 들어가지 못하도록 하는 것이 바로 그의 역할이었다.

척―!

처척―!

삼백 명의 용병이 입구를 막아섰다. 칠백이 넘는 다른 용병들은 황성 안으로 들어갔다.

마틴과 베어그가 용병들의 중심에 있다. 마틴은 겉으로 보기에는 다른 용병들과 큰 차이가 없어 보였지만, 베어그는 그렇지 않았다.

보통 성인의 세 배는 됨직한 거구. 키도 크지만 어지간한 성인의 허리만큼 두꺼운 팔뚝과 그 팔로 들고 있는 거대한 망치는 보고 있으면 기가 질릴 지경이다.

단순히 힘 하나만 놓고 보면 토르나 루슬릭보다도 강한 그였다. 몇몇 병사들은 그와 토르가 황성 문을 부수는 것을 보기도 했다.

실력은 둘째 치고 겉으로 보이는 모습에서부터 압도적이다. 그것이 바로 루슬릭이 베어그를 마틴에게 붙여준 이유였다.

쿵―!

마틴이 자신의 애병인 기다란 창을 바닥에 꽂았다. 마치 이 자리에서 한 발자국도 움직이지 않고 버티겠다는 듯이.

황성의 병사들 역시 가만히 구경만 하고 있을 수는 없었다. 몇몇 기사들이 움직이기 시작했다.

"용병들은 몇 되지 않는다! 겁먹지 말고 공격해라!"

그에게로 겁 없이 기사 하나가 달려든 순간이다.

쉬익—!

찌억—!

바닥에 꽂혀 있던 창대가 병사들의 몸을 후려쳤다. 기다란 창은 순식간에 앞장서서 달려든 몇 명의 기사들 갑옷을 우그러뜨렸다.

우드드득—!

무시무시한 괴력.

또한 기다란 창을 다루는 것이라 믿기지 않을 만큼 빠르기 그지없었다.

"이 안으로는 못 간다."

마틴.

용병왕과 루슬릭이라는 그림자에 가려져 있다지만, 그 역시 로열 나이트 용병이었다.

대륙을 대표하는 용병 중 하나.

그 실력은 어지간한 왕국의 근위기사단장 못지않았다.

"더 덤빌 사람 있나?"

마틴이 주위를 둘러보며 물었다.

덤비는 사람이 없자 베어그는 손으로 품속을 뒤졌다. 마지막 하나 남겨둔 큼지막한 빵을 한입에 털어 넣었다.

으적으적—!

시간이 오래 지나서 딱딱해진 빵을 그 누구보다 맛있게 씹어 먹은 베어그가 히죽 웃으며 망치를 들어 올렸다.

"충전 완료."

CHAPTER **10**

"저것들, 잘 버티겠죠?"

"베어그도 있으니까. 다른 건 몰라도 그놈이 이런 일은
잘하지."

칼프의 걱정에 루슬릭이 덤덤하게 대답했다. 일단 일을
맡기고 난 뒤에는 걱정하지 않는 게 속이 편했다.

황성은 몇 층으로 이루어져 있는지도 모를 만큼 거대했
다. 황성으로 들어오는 입구도 하나가 아닐 것이다. 일단 병
사들이 몰려 있는 정문을 막아놨을 뿐 조금만 시간이 지나면
다른 통로를 통해 황성 내부로 병사들이 들이닥칠 것이다.

"가능한 빨리 황제가 있는 곳을 찾는다. 대전과 처소를 뒤지고 없으면 황성 내부를 이 잡듯이 뒤져야지."

"혹시 도망갔으면 어떻게 하죠?"

"시기상 아직 황성 밖으로 도망가지는 못했을 거야. 그리고 도망갔다 해도 어떻게든 찾아야지."

"어떻게요?"

"무스."

루슬릭의 부름에 키가 작은 용병 하나가 앞으로 나섰다. 열 살짜리 어린아이와 비교해도 작을 것 같은 그 용병은 바로 루슬릭의 옛 단원 중 하나였다.

"낄낄. 불렀소, 단장?"

"아직 감 안 죽었지?"

"그거야 당연한 것 아뇨?"

"준비해 둬. 황제가 사라지면 네 역할이 중요할 테니. 그 순간부터는 네가 일시적으로 책임자가 된다."

"생각해 두지."

"그리고 가는 길에 비밀 통로 같은 것이 보이면 전부 확인해 둬. 그쪽으로는 네 눈썰미가 제일 정확하니까."

루슬릭의 명령에 무스가 고개를 끄덕였다. 칼프는 토르나 베어그와는 달리 지나치게 키가 작은 난쟁이 용병을 보고는 눈금 껌벅이다가 물었다.

"무슨 이야깁니까?"

"저 녀석, 실력은 좀 떨어져도 추적술 하나는 기가 막히거든. 함정이나 비밀 통로, 도주로 같은 것도 잘 보고. 그쪽으로는 아마 나나 영감님보다 나을 거다."

"그 정돕니까?"

무스는 왜소한 덩치 탓에 실력 자체는 다른 단원들에 비해 떨어지는 편이다. 아무리 노력해도 체격에서 나오는 힘과 속도 등은 한계 이상으로 극복하기가 어려웠기 때문이다.

물론 그렇다 해도 어지간한 S급 용병과 맞먹는 실력을 가지고 있었지만, 그 정도만으로 다른 단원들과 어깨를 나란히 하기는 힘들었다.

무스의 장기는 따로 있었다.

바로 추적술과 도주로 확보.

그는 발자국만으로 상대가 어디로 도망쳤는지 알 수 있었고, 냄새만으로 상대가 숨어 있는 위치를 파악하기도 했다. 함정을 미리 파악해 역으로 함정에 빠뜨리는 작전도 주로 그의 손을 통해서 이루어졌다.

황성의 구조가 복잡하긴 하나 무스라면 황제가 도망쳤다 한들 금방 추적할 수 있을 것이다.

"형님 밑에는 참 신기한 녀석들이 많은 것 같소."

"뭐, 그렇긴 하지."

루슬릭이 지금껏 여러 의뢰를 거쳐 오며 살아남을 수 있던 이유는 그 혼자만의 능력이 아니었다. 물론 루슬릭의 실력이 뛰어난 것이 가장 큰 역할을 차지하긴 했지만 그것만으로는 힘들었을 것이다.

다른 단원들의 실력도 어지간한 대형 용병단의 단장과 견주어도 떨어지지 않았고, 그 외에도 단원들마다 각자의 장점이 도드라졌다. 그리고 그 장점을 극대화시키는 사람이 바로 루슬릭이었다.

단원들의 능력을 정확히 파악하고 각자의 역할에 맞게 명령을 내린다.

그것이 바로 단원들이 루슬릭을 따르는 이유이기도 했다.

"……그나저나 여긴 뭐 이리 넓어?"

황성 내부를 뒤지던 루슬릭은 도무지 길을 찾을 수가 없어 투덜거렸다. 지금까지 몇 개의 왕성을 돌아다녀 본 루슬릭이지만, 황성은 그가 다녀본 왕성보다 족히 서너 배는 더 넓은 듯했다.

더군다나 길을 아는 사람도 없으니 대전이나 처소로 가는 길을 찾는 것도 어려웠다. 아직까지는 황성 내부에 있는 병사들이나 기사들이 움직이지 않고 있지만, 언제 방위군이 들이닥칠지 알 수 없었다.

"이쪽이다!"

"용병들이다!"

"반역자들을 처단하라!"

멀리서부터 왁자지껄한 목소리가 들려왔다.

한둘이 아니었다. 발소리로 보건대 멀리서부터 수많은 병사들과 기사들이 움직이고 있었다.

벌써부터 마틴과 베어그가 병사들을 들여보내진 않았겠지만, 황성 내부에도 병사들과 기사들이 있었던 것이다.

"근위기사단인가?"

"제국에는 근위기사단이 7기사단까지 있다던데요?"

"……그런 건 어떻게 아냐?"

"제가 정보 담당도 하지 않았습니까. 기밀도 아니고 이 정도는 알고 있죠."

황실 근위기사단.

대륙 제일의 기사단으로 꼽히는 기사단으로, 각 기사단마다 총 오십 명의 기사로 구성되어 있었다.

그 정도까지의 정보는 루슬릭도 가지고 있었다. 하지만 보통 왕국이나 제국의 근위기사단과는 부딪칠 일이 없다고 생각해 신경 쓰지 않고 있었기에 기사단의 수가 몇 개나 되는지는 굳이 알아두지 않았다.

보통 왕국에서는 근위기사단을 3기까지 두었다. 근위기사단의 수가 가장 많은 안데르센 왕국이 제5 근위기사단까지 있었다.

그런데 무려 7기사단까지 있다니.

"……그럼 근위기사단 수만 350명인 건가?"

"그럴 겁니다."

"제1 기사단은 어지간한 S급 용병보다 낫다던데."

"제국에서 가장 실력 있는 기사들만 모아놓았으니 그럴 겁니다."

루슬릭은 한숨을 푹 내쉬었다.

"좆 됐네."

제국의 근위기사단은 용병 왕국의 로열 나이트 용병단과 비교할 만했다. 물론 한 개의 용병단을 오천 명으로 나눈 로열 나이트 용병단과는 질적으로 비교할 바가 아니었지만, 용병단의 주요 인물들을 꼽는다면 충분히 비교가 가능했다.

그중에서 제1 근위기사단은 루슬릭의 단원들과 비슷한 실력을 가지고 있을 확률이 높았다. 또한 황제의 호위이며 제1 근위기사단장이자 제국의 총근위기사단장이기도 한 오딘의 존재가 압도적이다.

병사들은 그렇다 쳐도 근위기사단은 쉽사리 무시할 수

없었다. 특히 제1 근위기사단이 모두 나선다면 이쪽에 용병 왕이 있다 한들 전력이 우세하다고 판단할 수 없을 것이다.

멀리서 달려오던 발소리가 점점 더 가까워졌다. 이윽고 루슬릭을 비롯한 용병들은 다음 층으로 올라가는 중앙의 계단에 도착했다.

"이 위에 있는 모양인데?"

"왼쪽에 오십, 오른쪽에 백. 대충 백오십 명 정도 되나?"

루슬릭은 그들의 수가 얼마나 되는지 대충이나마 파악할 수 있었다. 몇 명 정도 오차가 있을 수는 있어도 발소리가 가까워지니 알 수 있었다.

이윽고 계단 위쪽으로 기사들이 모습을 드러내기 시작했다.

하나하나가 범상치 않은 실력을 가지고 있었다. 루슬릭의 단원만큼은 아니더라도 어지간한 S급 용병보다 낫다 싶은 녀석도 꽤 보였다.

제1 근위기사단은 아니다. 아마 그들은 황제의 곁에 있을 확률이 높았다.

"도망간 건 아니다 이건가?"

루슬릭은 제1 근위기사단이 없는 것을 보고는 황제가 도망가지 않았음을 확신했다.

하긴 그럴 만도 했다.

소문에 의하면 안톤 황제는 잔혹하고 자존심이 강하며 난폭했다.

그런 그가 다른 누구도 아닌 고작 용병들 따위가 쳐들어왔다고 도망갈 리 만무했다.

특히 그의 옆에는 오딘이 있었다.

오딘. 그의 실력은 그 누구보다 함께 있는 안톤 황제가 잘 알고 있을 것이다. 자신의 눈으로 확인하지도 않은 실력자를 호위로 둘 리 없었다.

그의 실력을 아는 만큼 절대적인 믿음을 가지고 도망가지 않을 것이리라.

"뭐, 그건 나름 희소식인데……."

루슬릭은 고개를 돌려 옆을 바라봤다.

"칼프."

"네."

"저것들, 감당할 수 있냐?"

루슬릭이 계단 한쪽을 가리키며 물었다.

양쪽으로 나타난 기사 중 오른쪽 계단을 타고 나타난 기사들이 월등히 많았다. 왼쪽을 먼저 뚫어낸다면 위층으로 올라가는 건 어렵지 않을 것이다.

루슬릭과 용병왕이 왼쪽 길을 뚫어내고, 칼프가 오른쪽 기사들을 맡는다면 루슬릭이 다른 용병들을 데리고 위층으로 올라갈 수 있을 것이다.

"……몇 놈이나 주실 겁니까?"

"네 밑에 있는 애들 얼마나 있냐?"

황성으로 들어오는 병사들을 막기 위해 마틴이 뽑은 용병들은 대부분 그가 있는 로열 나이트 용병단의 용병들이었다. 익숙한 얼굴들을 뽑아야 지휘하기가 편하고 손발이 맞기 때문이다.

마틴의 아래에 있던 용병들이 있다면 칼프가 있는 용병들도 있었다. 루슬릭은 칼프에게 자신의 밑에 있는 용병들을 모두 데리고 가라고 말한 것이다.

"대충 삼백 명이 조금 넘습니다."

"다 데리고 가."

"……저는 누구 안 줍니까? 저 녀석들, 한가락 하는 것처럼 보이는데."

루슬릭은 칼프가 말하는 이들이 누구인지 알아차릴 수 있었다.

심상치 않은 분위기를 풍기는 기사들. 아마도 이들을 이끄는 단장들일 것이다.

제1 근위기사단장인 오딘만큼은 아니더라도 제법 출중한 실력을 가진 것은 자명한 사실. 아무리 칼프라도 저들을 모두 감당할 수는 없었다.

"······카사크, 베가."

"네!"

"괜찮겠냐?"

루슬릭의 밑에 있는 용병 중 개인의 실력만 놓고 보면 가장 뛰어난 이들이 바로 카사크와 베가였다. 물론 로열 나이트 용병인 칼프나 마틴과 비교하자면 몇 수 떨어지는 게 사실이지만 도움은 될 것이다.

"해보겠습니다."

"됐냐?"

루슬릭의 말에 칼프가 고개를 끄덕였다. 베가는 몰라도 카사크의 실력은 칼프 역시 잘 알고 있었다. 제1 로열 나이트 용병단 내에서 토르와 함께 루슬릭 다음가는 실력자로 알려져 있으니 더 바랄 게 없었다.

"그럼 우린 왼쪽을 뚫는다, 토르."

"알겠소."

쿵─!

토르가 두 개의 건틀릿을 부딪치며 루슬릭과 함께 앞으로 나섰다.

"영감님은 체력 보충 좀 하쇼. 조무래기들 정리하는 것은 우리가 할 테니."

"잠시 맡기마."

용병왕은 몸을 돌려 루슬릭의 뒤로 돌아갔다.

이런 일에는 용병왕보다는 루슬릭이 제격이었다. 용병왕이 약한 다수와의 싸움이 장기라면 루슬릭은 강한 다수와의 싸움이 장기였다.

그들이 대화를 나누는 사이, 기사들이 계단 아래까지 내려왔다.

"간다."

콰쾅―!

토르와 루슬릭이 동시에 지면을 박찼다.

황성의 단단한 대리석 바닥이 쩍쩍 갈라지더니 발자국 모양이 선명하게 남았다. 대리석이 갈라질 만큼 발에 힘을 주었다는 뜻이다.

깡, 까가강―!

꽝―! 우드드드득―!

"으아아아아아악!"

루슬릭이 기사들 사이로 파고들어 검을 휘둘렀다. 토르는 정면으로 부딪치며 기사들의 머리를 가격하고 검을 잡아 비틀었다.

앞서 병사들 사이에서 용병왕이 길을 텄다면 이번에는 루슬릭과 토르가 길을 뚫었다. 그리고 그런 두 사람의 뒤를 용병들이 따랐다.

"쳐라!"

"폐하께 가지 못하도록 막아라!"

"안톤 제국에 이빨을 드러낸 자들을 용서하지 마라!"

오른편의 계단에서 내려온 기사들이 용병들을 향해 달려들기 시작했다. 하지만 그들은 루슬릭이나 용병왕이 있는 곳으로는 가지 못했다.

"어딜 가려고?"

칼프와 카사크, 베가.

세 사람을 선두로 용병들의 일부가 그들의 앞을 막아섰다.

쉬익―!

쩌엉―!

그와 동시에 몸을 위로 날린 기사들이 세 사람을 공격했다. 칼프는 여유롭게 검을 막아냈고, 카사크와 베가는 조금 뒤로 주춤 물러났다. 세 명의 기사가 날린 검에는 적잖은 힘이 실려 있었다.

처음 공격이 실패한 기사들도 주춤 뒤로 물러났다. 한 번의 공격을 막아낸 것만으로도 세 사람의 실력이 범상치 않음을 알아본 것이다.

"……이름 없는 용병들은 아닌 모양이구나."

"제3 로열 나이트 용병 칼프라고 한다."

"로열 나이트 용병이라… 적수로서 부족함이 없지. 제3 근위기사단장 프레들이라고 한다. 왕의 용병이라는 자의 검을 견식해 보도록 하지."

"거 말 한번 오그라들게 하네. 니들 나라에서는 싸우기 전에 입부터 터냐?"

"……역시 용병은 용병인가?"

프레들이 눈살을 찌푸리며 검을 들어 올렸다. 말투와는 달리 칼프의 실력은 진짜였다. 방금 전의 공격을 여유롭게 막아낸 것으로 보아 결코 자신의 아래가 아니었다.

"미안하지만 난 저 양반과는 달리 소개할 말이 없네. 굳이 하자면… 제1 로열 나이트 용병단의 부단장 중 하나인 카사크다."

"제라스 왕국 소속 용병 베가다."

카사크와 베가는 칼프를 따라 자신의 이름을 밝혔다. 그 두 사람과 싸우게 된 기사는 각각 제5 근위기사단장과 제6 근위기사단장이었다.

"으아아악—!"

계속해서 이어지는 비명 소리는 모두 황실 기사단의 것이었다. 왼쪽의 계단을 뚫어내는 루슬릭과 토르에 의해 빠르게 용병들이 뒤따라올 수 있는 길이 만들어지고 있었다.

그 모습을 힐끔 바라본 프레들이 자신들의 앞을 막아선

칼프와 카사크, 베가를 바라봤다.

"시간 벌이인가?"

그의 물음에 칼프가 씩 웃었다.

"그러게 등신들아, 계단으로 내려오지 말고 위에서 기다렸어야지."

만약 계단 위에서 기사들이 용병들을 기다리고 있었다면 오히려 용병들이 조건이 더 불리했을 것이다. 하지만 기사들이 계단 아래로 내려온 덕분에 기사들은 두 갈래로 나뉠 수밖에 없었고, 지형의 이점은 사라지고 전력은 분산되었다.

그리고 그것은 용병들이 원하는 바였다. 애초에 그들의 목적은 기사들을 모두 죽이는 것이 아닌, 안톤 황제를 찾아 그를 사로잡거나 죽이는 것이었으니 말이다.

"그럼 아가리는 이만 털고 이만 싸우자고."

*   *   *

"하아, 하아!"

마틴은 입안에서 단내를 내뱉으며 숨을 쉬었다. 어깨가 들썩이고 머리가 핑 도는 기분이 들었다.

그는 주위를 둘러봤다. 온몸에 피를 칠하고 힘겹게 망치를 휘두르는 베어그의 모습이 옆으로 보였고, 그 주위로 쓰러져 있는 다른 용병들이 보였다.

물론 그보다 더 많은 수의 병사들이 주위에 쓰러져 있다. 이미 발 디딜 틈도 없이 빼곡히 채운 자리는 시체를 밟지 않고서는 움직일 수도 없을 정도였다.

시간이 얼마나 지났을까?

삼십 분?

아니, 그것도 지나지 않았다. 루슬릭만큼은 아니더라도 마틴 역시 한 시간 정도는 어렵지 않게 쉬지 않고 싸울 수 있었다.

그럼에도 마틴이 이리 힘겨워하는 까닭은 하나였다.

워낙 많은 피를 흘린 탓에 체력과 함께 온몸에 힘이 빠져나간 것이다.

"……니들 뭐냐?"

마틴은 자신의 앞에 나타난 기사들을 향해 물었다.

병사들 사이로 나타난 기사들. 황금색이 섞인 갑옷은 황실 근위기사단의 상징이다.

처음 그들이 나타났을 때 일이 잘못되었다는 생각이 들었다. 하지만 이 정도로 큰일이라고는 생각하지 않았다.

근위기사단은 몇 명 되지 않았으니까. 고작해야 열 명 남짓이었다.

하지만 그들 열 명이 가져온 변수는 상상 이상으로 컸다.

"크어어억—!"

쿵—!

베어그의 육중한 몸이 바닥에 쓰러졌다. 그의 주위를 몇명의 근위기사단이 둘러싸고 있다.

베어그를 저 꼴로 만든 이들의 정체였다. 베어그도 나름분전하긴 했지만, 근위기사들을 상대로는 역부족이었다.

다른 근위기사들은 베어그와 마틴은 안중에도 두지 않고다른 용병들을 학살했다.

학살.

말 그대로 학살이었다.

그들의 실력은 루슬릭의 단원들과 비교해도 전혀 부족함이 없었다. 아니, 오히려 더 뛰어난 것 같기도 했다.

아무리 제1 근위기사단이라 해도 이만한 실력을 보여줄순 없었다. 이들 열 명만으로 전황이 순식간에 뒤바뀌었다.

"니들… 뭐냐?"

마틴은 자신을 이 지경으로 만든 기사를 노려보며 물었다.

강하다. 루슬릭이나 용병왕만큼은 아니더라도 칼프와 함께 싸워도 이길 수 있을 것이라 확신할 수 없을 만큼.

이상한 점은 눈앞에 있는 기사를 비롯해 근위기사들의

피부색이 붉다는 것이다. 보통 사람의 피부색이 아니었다.

"제1근위기사단의 부단장 클로드다."

"……부단장?"

그는 근위기사단의 단장이 아니었다.

부단장.

아무리 제1 근위기사단이라지만 부단장이 이런 실력을 가지고 있는 것은 이해하기가 어려웠다.

"대체… 이게……."

마틴의 머릿속이 혼란스러워졌다.

부단장이면서도 이런 실력을 가지고 있다는 것은 필시 저 붉은 피부와 관련이 있을 것이다. 다른 기사들 역시 상식 이상으로 강했다.

"너희… 대체 뭘 한 거냐?"

"그걸 네 녀석이 알 필요가 있나?"

"알아야겠다! 그리고 이 앞은 지나갈 수 없다!"

"어린아이처럼 떼를 쓰는군. 보기 흉해."

클로드가 검을 치켜들고 마틴을 향해 다가왔다. 가벼운 한 걸음이었지만 그의 신형은 순식간에 거리를 격하고 마틴의 앞에 나타났다.

창과 검의 싸움에서는 거리가 중요했다. 실력 차이가 조금 난다 하더라도 창에 대한 이해도가 높은 창술가는 거리를 벌리는 것만으로도 많은 것을 얻을 수 있었다.

마틴은 자신을 향해 다가오는 클로드를 앞에 두고 조금씩 발걸음을 뒤로 물렸다. 그러면서도 두 손으로 들고 있는 창을 휘둘러 접근을 막는 것을 잊지 않았다.

창술가와 검사가 싸울 때, 노련한 창술가가 많이 사용하는 싸움법이다. 일정한 거리를 유지한 채 접근을 막으면서 자신의 창끝이 닿고 검은 닿지 않게끔 하는 것이다.

하지만 그런 방법도 어느 정도 실력이 비슷한 상대에게나 통했다.

"허억!"

마틴은 갑작스럽게 자신과 거리를 좁혀오는 클로드를 보며 숨을 들이켰다. 한 번 거리를 좁힌 이상 창과 검의 싸움에선 검이 더 유리했다.

거리를 내준다.

그것은 창술가에게 있어서 치욕적인 일이었다. 그 하나만으로 상대보다 자신의 실력이 더 낮다는 것을 증명하는 것이나 마찬가지였다.

그렇지 않아도 마틴과 클로드의 실력 차이는 현저했다.

더군다나 거리를 내줬음에야.

푸욱―!

"커억!"

텅—

마틴이 두 손으로 들고 있던 창을 바닥에 떨어뜨렸다. 가슴을 파고들어 등 뒤로 튀어나온 클로드의 검은 그의 심장을 정확히 꿰뚫었다.

"너희는… 대체……."

"곧 죽을 놈이……."

촤악—!

클로드의 검이 뽑히며 마틴의 몸이 허물어졌다.

"알 거 없잖아?"

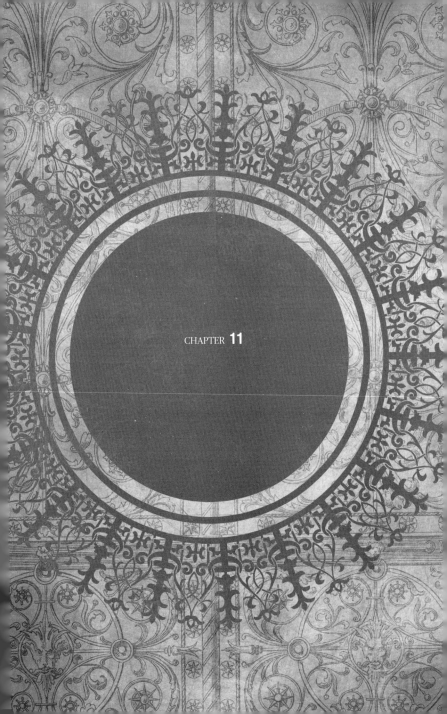

CHAPTER **11**

오십 명의 기사들을 뚫고 계단 위로 올라가는 건 그리 어렵지 않았다. 루슬릭과 토르, 그 밖에 몇 명의 단원이 도움을 준 덕분이다.

그중에서 루슬릭의 활약은 단연 돋보였다. 아무리 근위기사단이라지만 제1 근위기사단도 아니고 몇 번 검을 휘두르면 하나둘 목이 날아갔다.

몇 분 정도 격하게 움직인 정도는 루슬릭에게 있어서 별다른 체력 소모도 없었다. 루슬릭은 잠시 용병왕을 대신해 싸움에 임했다. 여기까지 오면서 용병왕 혼자서 길을 뚫느라 체력이 꽤 소모된 듯했다.

"······이거 또 귀찮게 됐네."

몇 층을 더 올라오면서 용병들은 다수의 병사들과 마주쳤다. 황궁 안에 남아 있던 병사들과 다른 출입구로 들어오기 시작한 병사들인 모양이다.

루슬릭과 용병왕이 앞길을 뚫었지만 병사들은 계속해서 몰려들었다. 다행히 마틴과 칼프가 길을 막아주고 있는 덕분에 계단의 아래쪽과 뒤쪽에서 병사들이 들이닥치거나 하지는 않았다.

이 정도까지는 충분히 예상한 바다.

허나 문제는 따로 있었다.

"길 좀 제대로 찾지?"

"······이 넓은 황궁에서 아무런 단서도 없이 대전과 황제의 처소를 찾으라는 명령이 가당키나 한 것 같소?"

루슬릭의 요구에 무스는 눈살을 찌푸리며 황성의 벽면을 매만졌다.

제국의 황성. 길을 알지 못하는 용병들에게 있어서 그곳은 일종의 미궁 같았다. 길을 알지 못하는 용병들은 일일이 대전을 찾아 움직여야 했다.

대전은 황성에서 가장 넓은 장소였다.

수백 명의 귀족이 한데 모여 제국의 대소사를 논하는 곳.

또한 황제의 얼굴을 대변하는 황성의 힘을 단적으로 보여주는 장소이기도 했다.

황제의 처소가 어디인지, 대전이 어디인지 알 수 있는 방법이 없었다. 아무리 무스가 추적술에 일가견이 있다지만 단번에 이 넓은 황성에서 길을 찾는 것은 무리였다.

잠시 생각하던 루슬릭이 눈살을 찌푸리다 입을 열었다.

"차라리 기사들을 찾아가는 게 나을 것 같은데?"

"기사들을? 왜?"

"단장, 생각 좀 해보쇼. 이 난리통에 황제의 주위에 기사들이 없겠소? 적어도 황제의 주위에는 근위기사단이 있겠지."

"……뭐, 그것도 맞는 말이네."

어느 순간부터 근위기사단의 움직임은 멈추어 있었다. 칼프와 싸우고 있는 백여 명을 제외하고는 알려져 있는 다른 이백여 명의 근위기사단은 통 보이질 않았다.

"어쩌면… 대전 안에서 우릴 기다리고 있을지도 모르지."

"그럴 가능성도 배제할 수 없지."

"그럼 일단 기사들이 많은 곳으로 가면 된다 이거지?"

"그렇지."

무스의 대답에 루슬릭은 고개를 끄덕이며 말했다.

"좋아, 그럼 얼른 찾아."

"……."

결국 길을 찾는 건 무스의 몫이었다. 그는 한숨을 푹 내쉬며 몸을 숙여 바닥에 귀를 가져다 대었다.

루슬럭이 손을 들어 올렸다. 단원들이 주위에 있는 용병들의 움직임을 멈춰 세웠다.

용병들이 걸음을 멈추고 숨을 죽이자 주위가 조용해졌다. 무스는 잠시 눈을 감고 바닥에 귀를 대고 있더니 입을 열었다.

"저쪽에서 발소리가 들리는데?"

"기사들인가?"

"발소리의 수에 비해 소리가 큰 걸 보면 최소한 철제 중갑을 걸친 놈들이다."

철제 중갑이라면 기사들이 보편적으로 많이 걸치는 플레이트 메일이다.

"수는?"

"기사들은 백 명씩 두 무리로 나뉘어져 있소. 그 밖에 병사들도 꽤 있고. 한 무리는… 이 복도와는 다른 넓은 공간에 듬성듬성 서 있고."

"대전인가?"

"아마도. 우릴 기다리고 있는 게 사실인 것 같군."

백 명씩 두 무리, 도합 이백이다. 수적으로 따져 보면 남아 있는 근위기사단이 모두 모여 있다고 볼 수 있었다.

"병사들의 수는?"

"그것까진 셀 수가 없소."

"감 많이 죽었네."

"······거리가 이만큼 되는데 이걸 알아본 것도 대단한 것 아닌가, 단장?"

무스가 따지듯 묻자 주위에 있던 용병들이 고개를 끄덕였다. 한눈에 보이지도 않고 제대로 소리도 들리지 않는 지금 소리만으로 기사들의 수를 알아차렸다는 것은 경악할 만한 일이었다.

"됐고, 안내나 해."

"따라오쇼."

무스가 성큼 앞으로 나섰다.

그는 키가 작은 만큼 빠른 걸음걸이로 용병들을 안내했다.

무스를 따라 움직일수록 점점 더 발걸음 소리가 커졌다. 용병들과 마찬가지로 근위기사단 측에서도 용병들을 향해 다가오고 있는 모양이었다.

이윽고 황성의 모퉁이를 돌았을 때,

"이거 좀 반갑다?"

무스와 함께 앞장서 있던 루슬릭은 황금색이 섞인 갑옷을 입고 있는 기사들을 보고는 웃었다. 그들은 루슬릭을 비롯한 용병들을 발견하자 주춤거리며 경계했다.

"저놈들 쓸어버리고 저 뒤쪽으로 가면 대전이 나오는 건가?"

"아마도. 그만한 수의 기사들이 호위하듯 지키고 있는 사람이라면 황제밖에 없을 거요."

"됐어. 이제 싸울 준비나 해라."

"……아주 간이고 쓸개고 다 뽑아먹는군."

무스는 그렇게 말하며 검을 뽑아 들었다. 다른 단원들에 비해 실력이 뒤처지는 그였지만, 그거야 워낙 다른 단원들의 실력이 뛰어나서일 뿐 그 역시 어지간한 용병들은 한 수 접어주는 실력자였다.

기사들은 용병들을 발견했다고 하여 바로 달려들지 않았다. 넓은 복도 뒤쪽으로는 적잖은 수의 병사도 보였다. 황성에 남아 있던 병사들을 긁어모은 모양이다.

저벅저벅─!

루슬릭이 선두로 기사들을 향해 다가갔다. 그가 한 걸음 움직일 때마다 그 뒤로 용병들이 뒤따랐다.

"좀 비켜줬으면 하는데?"

루슬릭의 말에 근위기사 중 가장 앞에 선 기사가 대답했다. 다른 기사들보다 더욱 선명한 황금색의 갑옷을 입고 있는 그는 이들 근위기사단을 이끄는 단장이었다.

"그럴 수 없음을 알 텐데?"

"니들도 좋아하잖아? 예의상 하는 말."

"……건방진 용병이군. 용병왕은 어디 있지?"

"네가 우리 대빵과 맞짱 뜰 깜은 아닌 것 같은데?"

루슬릭의 도발에 그는 눈에서 불을 뿜었다.

차앙ㅡ!

발검과 동시에 기사가 앞으로 뛰어들었다.

"나는 제2 근위기사단장 로아르다!"

"안 궁금해."

루슬릭이 로아르를 향해 맞서 달려갔다. 먼저 움직인 쪽은 로아르였지만, 두 사람은 정확하게 용병들과 기사들 사이의 중앙에서 만났다.

쩌엉ㅡ!

두 사람의 검이 부딪쳤다. 용병왕이 아니라 조금 무시했던 로아르다. 한데 루슬릭의 검에 실린 힘은 그가 예상한 것보다 훨씬 더 강했다.

치이이익ㅡ!

힘에서 밀려난 로아르가 뒤로 날려가 발로 지면을 긁었다. 루슬릭은 쉬지 않고 그런 로아르를 쫓아 내달렸다.

급하게 자세를 잡느라 불안정한 상태이던 로아르다. 루슬릭은 실력이 뛰어난 기사 하나를 미리 제거할 생각으로 움직였다.

타닥—!

쐐애애액—!

그 순간, 루슬릭을 향해 몇 명의 기사가 앞으로 나섰다. 한둘이라면 몰라도 꽤 여러 명이, 그것도 제법 빠르게 쳐들어오는 검을 마냥 무시할 수는 없었다.

탁, 탁—!

앞으로 달려들던 루슬릭은 벽면을 짚고 멈춰 서고는 뒤로 몇 걸음 물러섰다. 그러자 자신을 향해 검을 날린 기사들을 한눈에 볼 수 있었다.

"……니들 뭐냐?"

루슬릭의 물음에 기사들은 대답이 없었다.

하지만 루슬릭은 질문을 멈추지 않았다.

"뭐냐고, 이 십새끼들아!"

"……네가 루슬릭인가?"

질문에 돌아온 질문.

루슬릭은 그들을 딱딱해진 얼굴로 노려봤다.

붉은색의 피부를 가진 기사들.

아무리 황금색으로 반짝이는 갑옷으로 가렸다 한들 전신

의 모든 피부를 다 가릴 수는 없었다.

"다시 묻지. 네가 루슬릭인가?"

"날 아나 봐?"

"유명하지."

"그런데도 그렇게 혓바닥이 짧아? 뒈질라고."

으득—!

루슬릭이 이를 갈았다.

그의 갑작스러운 반응에 용병왕이 물었다.

"왜 그러느냐?"

"저것들, 생긴 꼬라지 좀 보라고."

루슬릭이 붉은 피부를 가진 기사들을 손가락으로 가리켰다.

용병왕 역시 이상하다는 생각은 하고 있었다. 저런 피부색을 가진 사람이 한둘도 아니고 여럿 등장했다는 건 확실히 정상이 아니었다.

"저들에 대해 아느냐?"

"한 번 비슷한 놈을 만난 적이 있지. 어떻게 저런 피부를 가지게 됐는지, 저런 피부색을 가지게 되면서 어떤 힘을 얻었는지 다 지껄이더라고."

안데르센 왕국의 베이가르 후작.

그는 샤롯 공작에 의해 사람의 심장에 있는 피를 갈취하고 그 힘을 빼앗았다.

그것은 곧 사람의 근력과 생명력이 되었다. 보다 많은 사람의 피를 갈취할수록 더더욱 강한 힘을 얻게 되는 것이었다.

이미 그 효과가 어느 정도인지 루슬릭은 직접 베이가르 후작과 싸우며 알게 되었다.

비록 이기긴 했지만 베이가르 후작의 힘은 루슬릭이나 용병왕과 같은 초인과 비교해도 부족함이 없었다. 아니, 오히려 힘에서만큼은 더 강했다.

그가 검사로서의 소양도 그 힘과 비례했다면 이 자리에 루슬릭이 없을지도 모를 일이다.

"……심장을 갈취했다고?"

용병왕도 처음 듣는 이야기인지 놀란 표정을 지었다.

용병 왕국이 아무리 마법과는 거리가 멀다지만 용병왕은 마법에 대한 견해가 꽤나 넓은 편이었다. 마법은 지금 시대보다는 오히려 용병왕이 한창 젊었을 때 더 이름을 떨친 학문이다.

그 때문에 용병왕은 나름대로 마법이라는 학문에 대해 잘 알고 있었고, 피를 매개체로 하는 학문이 어떤 것인지도 알고 있었다.

흑마법.

대륙에서 금지된 마법.

피와 생명을 매개체로 하는 마법은 바로 그것밖에는 없었다.

"뭘 그렇게 놀라? 저것들, 좀비까지 전쟁에 써먹는 것들인데."

"그건 네가 몰라서 하는 말이다. 죽은 자를 움직이는 일차원적인 흑마법과는 달리 살아 있는 자를 매개체로 하는 흑마법은 몇 단계는 고차원적인 흑마법이야. 그중에서 타인에게 힘을 전해주는 흑마법은… 최소한 열 명 이상의 생명을 담보로 해야 조금이나마 효과를 볼 수 있다."

"……최소 열 명이라……."

열 명이라는 수도 눈살이 찌푸려질 만큼 많다. 그런데 그게 최소라니.

대체 얼마나 많은 수의 사람을 죽였을지 상상이 되지 않았다. 더군다나 눈앞에 있는 기사들이 전부가 아닐지도 모르는 일이다.

"니들도 그 베이가르 후작이란 놈과 같은 짓거리를 한 거냐? 사람 피도 빨아 먹고? 응? 니들이 모기새끼야?"

"……굳이 대답할 필요성을 못 느끼겠군."

"맞나 보네. 와, 이거 진짜 개새끼들 아니야?"

루슬릭은 열이 뻗쳤다.

베이가르 후작 한 사람만이 그 힘을 가진 것이 이상하다 여기긴 했다. 그런 방법으로 힘을 얻을 수 있다면 안톤 황제의 성정에 한두 사람에게 힘을 주었을 리 없다고 생각했다.

하지만 막상 그 생각이 사실이 되어 눈앞에 나타나자 심장의 피를 들이마셨을 기사들이나 심장을 빼앗겨 죽어간 사람들의 모습이 머릿속에 떠올랐다.

"니들은 기사도 정신이라는 것도 없냐?"

"우리의 주인을 지키는 것이 우리의 정신이다."

루슬릭의 물음에 답한 붉은 피부의 기사는 검을 들어 올렸다. 상징적인 의미인지, 아니면 붉은 피부와 관련이 있는지 그의 검에는 은은한 붉은빛이 감돌았다.

"니들 혹시 그거 아냐? 용병 수칙이라고."

"모른다."

"모르면 알려줄게. 다 알 필요는 없고 몇 가지면 되거든."

루슬릭은 이를 드러내 으르렁거리며 말했다.

"용병 수칙 제2조, 의뢰와 관계없는 무고한 사람은 해하지 아니할 것. 뭐 느끼는 것 없냐?"

"……무슨 소리를 하고 싶은 거지?"

"니들은 니들이 무시하는 그 같잖은 용병들보다도 훨씬

더 버러지 같은 시발새끼들이라는 거지. 퉤."

루슬릭은 기사들이 있는 방향으로 침을 뱉었다. 기사들은 그런 루슬릭의 경박한 행동에 눈살을 찌푸렸지만, 달리 아무런 말도 하지 못했다.

이 자리에 있는 근위기사 중에서 붉은 색의 피부를 가진 기사들에 대해 알지 못하는 이는 없었다. 물론 병사들은 그들의 실체를 알지 못하지만, 적어도 근위기사단 내에서는 알려져 있는 이야기였다.

흑마법사들과 마법사들의 연구에 의한 결과물.

그들은 인간의 심장에 있는 피와 에너지를 타인에게 전달하는 연구를 성공시켰다.

그 첫 번째 성공작이 바로 안데르센 왕국의 베이가르 후작이었다. 그들은 베이가르 후작을 통한 연구 결과를 통해 근위기사단 내에서 힘을 이식시킬 수 있는 기사들을 찾아냈다.

모든 기사가 타인의 피를 이식해 강해질 수 있는 것은 아니었다. 하지만 그렇다고 해서 그렇게 강해질 수 있는 기사가 아주 희귀하지도 않았다.

상대적으로 재능이 뛰어나고 실력이 있는 제1 근위기사단 내에서 붉은 피부와 힘을 얻은 기사들이 나타나기 시작한 것이다.

제2, 제3 근위기사단 내에서도 마찬가지로 실험에 성공한 기사들이 생겨났다. 그들은 제1 근위기사단원보다도 더 강한 힘을 가지게 되었고, 실험에 성공하지 못한 이들을 제치고 제1 근위기사단으로 승격되었다.

붉은 피부를 가진 기사.

그들은 모두 제1 근위기사단원이었고, 안톤 제국이 가진 최후이자 최고의 패이기도 했다.

"너희는 모른다. 우리가 이 힘을 갖기 위해 어떤 노력을 했는지."

"그럼 다른 놈들 피를 뽑아다 처먹는데 그게 역겹지 달콤하겠냐?"

"……너는 겉으로 보이는 모습만 보는군."

"속은 더 더럽지 않겠어?"

"이 이상 대화는 불필요하겠군."

붉은 피부를 가진 기사들이 루슬릭을 향해 성큼 다가갔다. 근위기사단 사이에서 마찬가지로 붉은 피부를 가진 기사들이 하나둘 더 모습을 드러냈다.

그렇게 모습을 드러낸 기사의 수가 족히 스물에 가까웠다. 생각 이상으로 많았다.

"……더럽게도 많이 처먹으셨군."

역시 대여섯 명 정도가 다가 아니었다. 어쩌면 이들 스무 명도 전부가 아닐지도 모른다.

"더 이상 대화는 불필요하다고 했다. 루슬릭, 그리고 용병왕, 너희는 이 자리에서 죽는다."

"저 안에도 너희 같은 놈들이 있겠지? 우리를 잡겠다고 여기까지 오신 분들이 스물이나 되시는데 황제 곁에도 그 정도쯤은 있겠지."

루슬릭의 말에 붉은 피부의 기사들은 눈살을 찌푸렸다. 그들의 표정 변화에 루슬릭은 자신의 생각이 맞음을 확신했다.

그리고 또 달리 머릿속에 떠오른 생각.

"혹시 니들이 부른 좀비들……."

루슬릭의 말에 몇 명의 기사가 몸을 흠칫했다.

"니들한테 심장을 빼앗기고 죽은 인간들을 좀비로 살려 낸 거냐?"

"……."

돌아오는 대답은 없었다. 몰라서 대답하지 못하는 이도 있었지만, 그중 몇몇은 다른 반응을 보였다.

몰라서가 아니었다.

사실이기 때문에, 스스로도 부끄럽고 잘못된 일이라 생각하기에 대답하지 못하는 것이다.

붉은 피부를 가진 기사 중 몇몇, 그리고 처음 루슬릭과 검을 부딪친 제2 근위기사단장 로아르였다.

"하, 하하, 설마 했는데 진짜 그런 거냐?"

루슬릭은 이제는 어이가 없어 웃음을 흘렸다.

좀비를 만들기 위해서는 인간의 시체와 흑마력을 주입하고 그것을 조종할 흑마법사가 필요했다. 흑마법사야 음지에 숨어 있던 것들을 안톤 제국에서 양지로 끌어 올린 것이라 생각하면 그만이지만, 그 많은 수의 시체는 이해가 가지 않았다.

그러던 차 붉은 기사들의 힘이 되기 위해 희생된 사람들을 떠올리니 어떤 연결 고리가 생각나 혹시나 했던 것이다. 그런데 그 혹시나 하는 생각이 역시나 맞았다.

루슬릭은 보았다.

전쟁터의 한가운데 나타난 수만의 시체를.

그들 모두가 붉은 기사들의 희생양이 되어 땅에 묻힌 것이었다.

"니들이 사람 새끼냐?"

으드득─!

루슬릭의 분노가 붉은 피부의 기사들에게로 향했다.

그들은 알고 있었다. 그렇기에 루슬릭의 분노에 고개를 들지 못했다.

그의 분노는 너무나도 당연했다.

그들 스스로도 부끄러웠다. 미치광이에 가까운 베이가르 후작과는 달리 그들은 완성된 실험을 거쳐 미치지 않고서도 순수한 힘을 얻었다.

그리고 그렇기에 더더욱 죄책감을 가지고 있었다.

그들 역시 기사도를 알았다. 아니, 기사도가 아니더라도 인간으로서의 양심이 있었다.

자신들이 이 힘을 얻기 위해 희생된 사람들을 생각하면 죄책감을 가질 수밖에 없었다.

루슬릭은 붉은 피부의 기사들 하나하나를 둘러보다가 말했다.

"니들, 오늘 내 손에 다 뒈진 줄 알아라."

"죽어!"

타다닥—!

붉은 피부의 기사들.

그들이 움직이기 시작했다.

미리 약속이라도 한 것처럼 그들은 루슬릭을 향해 동시에 달려들었다.

스무 명의 붉은 피부의 기사가 달려들었지만, 루슬릭은 아랑곳하지 않고 그 자리에 서 있었다.

루슬릭은 피하는 대신 검을 두 손으로 잡고 앞으로 나아갔다.

찌엉ㅡ!

정면에서 달려들어 오는 기사들의 검과 루슬릭의 검이 부딪쳤다. 양옆에서 찔러오는 검은 몸을 비틀어 피해냈다.

"윽!"

"으으음……."

루슬릭과 검이 부딪친 기사들이 신음을 흘리며 뒤로 밀려났다. 여러 명이서 힘을 더했음에도 루슬릭의 힘을 이겨내지 못한 것이다.

하지만 그들은 한둘이 아니었다. 서너 명의 공격이 실패로 돌아가자, 다른 기사들이 이어서 공격했다.

하지만 혼자가 아닌 것은 그들뿐만이 아니었다.

"어딜."

"다구리는 니들 전문이 아니거든."

루슬릭의 단원들, 그들이 앞으로 나섰다.

토르를 선두로 루나와 무스 등 모든 단원이 나선 것이다.

붉은 피부의 용병들은 루슬릭의 단원들을 상대로 검을 뽑아 들었다. 그들을 도와 뒤쪽에서 대기하고 있던 다른 근위기사단원들과 병사들이 움직였다.

마찬가지로 다른 용병들 역시 움직였다. 넓은 황성의 복도가 순식간에 전쟁터로 변하는 순간이었다.

"……어디로 갔지?"

제2 근위기사단장 로아르는 어디론가 사라진 루슬릭을 찾았다.

아무리 붉은 피부를 가진 기사라 하더라도 루슬릭을 상대하기는 버거웠다. 다른 로열 나이트 용병이라면 모를까, 루슬릭과 용병왕은 차원이 다른 실력을 가진 검사였다.

로아르는 현 안톤 제국에서 오딘 다음가는 실력을 가진 검사였다. 안타깝게도 피를 이식하는 흑마법과는 체질상 맞지 않았지만, 그는 자신이라면 루슬릭과 어느 정도 손속을 겨룰 수 있을 것이라 생각했다.

하지만…….

"고작 스무 명으로……."

턱―!

콰앙―!

위쪽에서 나타난 루슬릭이 로아르의 머리를 짓눌러 황성 바닥에 얼굴을 처박았다. 투구를 쓰지 않고 있던 로아르의 얼굴이 황성 대리석 바닥을 뚫고 아래로 들어갔다.

"발악이라도 해보려고?"

타다닥―!

루슬릭을 향해 붉은 피부의 기사들이 날아들었다. 다른 이들은 루슬릭의 단원들과 싸우고 있었고 총 다섯 명이 덤벼들었다.

루슬릭은 그런 이들을 향해 검을 뽑아 들었다. 한 손으로는 로아르의 얼굴을 땅 아래로 더욱 강하게 짓누르며 한 손만으로 그들을 상대하려 했다.

그런데,

쐐애애액―!

복잡한 양측의 싸움을 가르며 용병왕의 검이 날아들었다. 붉은 피부의 기사들은 역시나 녹록하지 않았다. 그들은 용병왕의 움직임을 눈치 채고는 검을 회수하고 움직임을 멈추는 것으로 자신들의 목숨을 부지했다.

루슬릭의 요청대로 체력을 보전하겠다며 전투에 빠져 있던 그가 움직이자, 순식간에 용병들의 사기가 올라갔다.

반면 루슬릭은 표정을 구겼다.

"영감, 뭐 하는 거야?"

"대전으로 가거라."

"뭐?"

"네 단원들을 데리고 가거라."

"갑자기 왜? 여기 있는 것들 다 죽여 버리고 가면 되지."

"우리 목적을 잊었느냐? 황제를 잡으면 싸움은 끝난다. 그리고……."

용병왕은 타이르듯 말하며 용병들의 뒤쪽으로 시선을 돌렸다.

"모르겠느냐?"

용병왕의 말을 듣는 순간 루슬릭 역시 알아차렸다.

"마틴과 칼프, 녀석들이 당한 모양이구나."

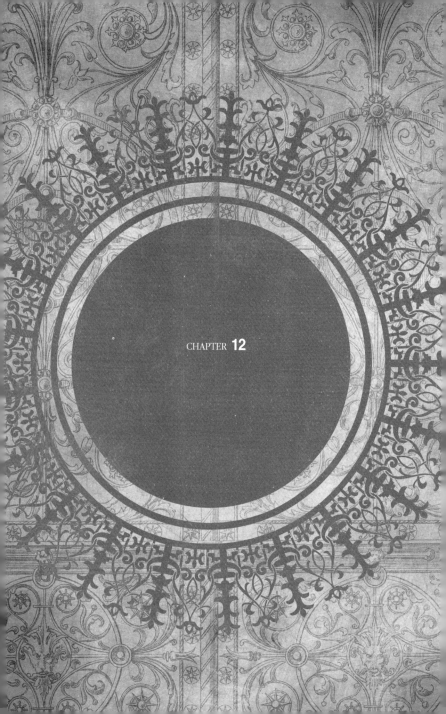

CHAPTER **12**

　용병들의 뒤쪽으로 일단의 무리가 나타났다. 황궁에서
나타난 이들이라고 해봤자 뻔했다.

　황궁의 기사들과 병사들. 그들 중에는 익숙한 모습의 기
사도 섞여 있었다.

　"……더 있었나?"

　루슬릭은 스무 명의 붉은 피부의 기사들과 대전 안의 기
사들 외에 더 많은 수의 붉은 피부의 기사가 있다는 사실에
눈살을 찌푸렸다. 새로 나타난 붉은 피부의 기사만 하더라
도 얼핏 열은 되어 보였던 것이다.

"아주 지랄들을 하는구만. 대체 몇 놈이나 찍어댄 거냐?"

"이 상황에도 입은 살아 있군."

붉은 피부의 기사 중 새로 나타난 기사 하나가 앞으로 나섰다. 그의 손에는 검은 머리카락으로 뒤덮인 덩어리 하나가 들려 있었다.

휘익―!

퍽―!

그는 루슬릭과 용병왕이 있는 곳으로 자신이 들고 온 머리를 집어 던졌다. 그와 동시에 함께 따라온 기사 하나가 또 하나의 머리를 던져 두 사람이 보도록 만들었다.

두 개의 머리.

피로 칠해져 멀쩡하지는 않지만, 용병왕과 루슬릭 두 사람 모두 그 머리가 누구의 것인지 알 수 있었다.

"로열 나이트 용병? 별것 아니더군. 생각보다 훨씬 더 시시해서 놀랐어."

마틴과 칼프.

두 개의 머리는 바로 시간을 벌겠다며 나선 두 사람의 머리였다.

제1 근위기사단의 부단장 클로드.

그는 같은 로열 나이트 용병인 루슬릭의 앞에서 대놓고 로열 나이트 용병을 무시했다.

루슬릭의 표정이 차갑게 식었다.

마틴이야 그렇게 친하지 않았다 하지만 그의 죽음은 곧 베에그의 죽음이나 마찬가지였다. 그를 도와 시간을 벌라고 자신이 명령을 내려놓았으니 말이다.

칼프는 어떤가?

같은 용병단 소속은 아니지만, 비슷한 시기에 로열 나이트 용병이 되어 유독 루슬릭을 따랐던 그다.

칼프는 루슬릭에게 있어서 동생이었다. 유일하게 그를 형이라 부르며 살갑게 대하던 칼프였다.

조금씩 삐걱거릴 때가 있긴 했지만, 그렇다고 루슬릭이 정을 주지 않은 것은 결코 아니었다.

칼프.

그의 존재는 루슬릭에게 있어서 생사를 함께한 단원들만큼이나 소중했다.

게다가 칼프와 함께 있던 용병은 바로 카사크와 베가였다.

두 사람 모두 자신의 단원이었다. 카사크는 등을 맞대고 함께 싸운 전우였고, 베가는 자신에게 평생을 바치겠다며 따라나선 수하이자 새로운 단원이었다.

그런 그들이 죽었다.

"니들……."

으드드득―!

루슬릭의 화가 머리끝까지 치솟았다.

"다… 뒈지고 싶냐?"

베어그와 마틴, 칼프, 카사크, 베가.

그들의 죽음이 루슬릭의 머릿속을 뜨겁게 달구었다 식히기를 반복했다.

막 루슬릭이 성큼 걸음을 옮기려는 순간이었다.

"멈춰라."

뜻밖에도 루슬릭의 앞을 용병왕이 가로막았다.

"……영감, 뒈지기 싫으면 비켜. 난 저것들 다 죽여 버려야 될 것 같거든."

"참아라. 아니, 참아야 한다."

"시발, 그럼 저것들을……."

"내가 죽이마."

단호한 한마디에 루슬릭은 용병왕을 바라봤다.

그때서야 루슬릭은 용병왕의 표정을 볼 수 있었다.

"……영감, 화났어?"

"나라고 해서 내 식구들이 죽는 게 화가 나지 않겠느냐? 나에게는……."

용병왕의 얼굴이 악귀처럼 구겨졌다.

"여기 있는 모두가 내 단원이다."

"……"

용병왕이 화가 났다.

루슬릭은 그가 이렇게까지 큰 감정 변화를 보이는 것을 본 적이 없었다.

루슬릭은 시도 때도 없이 화를 낸다. 크고 작음의 차이가 있을 뿐 그는 언제나 자신의 감정에 솔직해 왔다.

용병왕은 반대다.

그는 언제나 자신의 감정을 드러내지 않고 숨겨왔다.

왕이기 때문에.

그를 꽤 오래 알아온 루슬릭이지만, 그가 화를 내는 모습은 단 한 번도 본 적이 없었다.

감정이 절제되지 않는다. 그만큼 용병왕 그가 화가 났다는 뜻이다.

"이놈들, 내가 죽인다."

"……혼자 괜찮겠어?"

이 자리에 있는 붉은 피부의 기사만 해도 서른이 넘었다. 더군다나 클로드라는 기사는 마틴과 칼프를 상처 하나 없이 꺾을 만큼 실력이 뛰어나다.

아무리 용병왕이라지만 걱정이 되지 않을 수 없었다. 그의 실력을 의심한다기보다는 저들의 전력이 너무나 강했다.

"이번 기회에 몸이나 실컷 풀어야겠다."

"……애들은 데리고 갈게."

"다른 놈들은 남겨둬라."

"좋아."

뚜두둑—!

루슬릭은 다시 몸을 돌렸다. 칼프와 마틴의 머리에서 잠시 시선을 돌렸다.

"토르, 파이온, 루나."

"네."

"응."

"길을 뚫는다. 제1 로열 나이트 용병단의 단원들만 날 따라온다. 그 밖의 다른 녀석들은 이곳에서 용병왕을 엄호한다."

"네!"

루슬릭의 명령에 용병들이 각기 움직였다. 그리고 그런 용병들의 움직임을 기사들은 가만히 지켜보고만 있지 않았다.

"누구 마음대로!"

"……간다!"

루슬릭이 앞으로 달려갔다. 방향은 황제가 있는 대전이었다.

당연하게도 그 앞을 스물의 붉은 피부의 기사들과 병사들, 그리고 다른 근위기사단원이 막아섰다.

"길을 좀 비켜줬으면 하네만."

타닥―!

루슬릭과 함께 그 옆을 용병왕이 나란히 서서 달려왔다. 막 루슬릭을 향해 부딪치려던 기사들은 그 옆으로 용병왕이 추가되자 흠칫하더니 이를 악물고 검을 휘둘렀다.

그리고 이윽고,

까가가강―!

"아아아악―!"

두 사람과 부딪친 기사들과 병사들이 양측으로 갈라지며 목이 떨어져 나갔다. 베어지고 튕겨져 나가고 겁에 질려 물러나기도 했다. 붉은 피부를 가진 기사들은 조금 더 버텼지만, 루슬릭의 괴력에 압도되었다.

그 밖에 다른 단원들 역시 직선으로 길을 뚫어냈다. 붉은 피부를 가진 기사들은 모두 루슬릭과 용병왕이 맡았다. 아니, 두 사람은 그들만 맡은 게 아니라 더 많은 수의 기사들과 병사들을 한꺼번에 감당했다.

"미, 미친!"

"뭐 이런 것들이 다 있어?"

루슬릭과 용병왕의 조합.

그 두 사람이 함께 달려들자 누구 한 명을 집중적으로 노릴 수도 없게 되었다. 한쪽에 힘을 실어주면 다른 한쪽이 날뛰게 되고, 양쪽 모두에 힘을 실어주면 양쪽 모두가 여유가 있었다.

루슬릭과 용병왕을 선두로 용병들이 길을 뚫어내는 것을 본 클로드는 심상치 않음을 느끼고 움직이려 했다.

"어딜 가려고?"

"우리가 물로 보이나 봐?"

하지만 그런 그들을 그냥 보내줄 용병들이 아니었다.

루슬릭과 다른 단원들이 빠지고 남아 있는 용병은 대략 사백 명 정도.

그들 역시 쉬운 상대는 아니었다. 최소 B급 이상이 되는 실력 있는 용병들인 것이다.

"이 버러지들이……."

클로드가 이를 갈며 검을 휘둘렀다. 용병들은 클로드를 비롯한 기사들을 막아섰다.

용병왕의 지시가 있었다.

죽는 한이 있더라도 막아낸다. 조금만 더 시간을 끌면 용병왕이 길을 트고 도움을 줄 것이다.

그리고 그런 그들의 생각은 금방 현실이 되었다.

 루슬릭과 용병왕, 그리고 그 밑의 단원들.

 그들은 단숨에 기사들 사이를 뚫어내며 앞으로 나아갔다.

 백 명의 근위기사단. 그중 스무 명은 흑마법으로 붉은 피부를 가지게 되며 힘을 얻은 이들이었다.

 그럼에도 그들은 용병들을 막아내지 못했다. 아무리 근위기사단원이 강하다 해도 루슬릭과 용병왕의 합공은 정면으로 막아내기가 어려웠다.

 결국 그들은 길을 내주었다.

 용병왕과 루슬릭, 그리고 스물다섯 명의 단원.

 그들이 길을 뚫어내자 용병왕이 몸을 돌렸다.

 “……영감, 괜찮은 거 맞지?”

 “너라면 괜찮겠느냐?”

 “나라면 괜찮은데…….”

 “그럼 나도 괜찮다.”

 그렇게 대답하니 루슬릭도 더 이상 할 말이 없었다.

 어차피 황성의 입구를 막아서고 있던 마틴과 베어그가 뚫린 이상, 지원군은 계속해서 모여들 것이다.

 시간을 끌어서 좋을 것이 없었다. 바로 눈앞에 대전이 있었다.

한시라도 빨리 황제를 사로잡는 것이 정답이었다.

"가자."

루슬릭이 바로 고개를 돌려 바로 뒤쪽으로 보이는 대전을 향해 걸어갔다. 단원들은 용병왕을 향해 고개를 한 번씩 숙이고는 루슬릭의 뒤를 따라갔다.

"어딜!"

"그러는 너희는 어딜 가는가?"

그런 루슬릭의 뒤를 쫓아가려는 기사들의 앞을 용병왕이 막아섰다. 그는 혼자였지만, 수백의 기사보다도 더 무서운 얼굴을 하고 있었다.

"이 앞은 못 가네. 아니……."

서억—!

용병왕의 검이 근위기사 하나의 목을 베어냈다. 어느새 기사들 틈으로 들어온 용병왕은 사나운 얼굴로 검을 움직였다.

"너희 모두 이 자리에서 죽을 것이야."

*   *   *

대전의 문은 거대했다. 그 덩치 큰 토르조차도 대전의 문을 끝까지 보려면 고개를 수직으로 들어야 할 만큼.

거대한 문은 어지간히 힘을 쓰지 않고서는 열 수 없을 만큼 무거워 보였으나, 실제로는 조금만 힘을 줘도 부드럽게 열렸다.

그그그그그—!

문이 열리며 그 안쪽으로 환한 빛과 함께 대전의 모습이 훤히 보였다.

수천 명은 들어갈 수 있을 만큼 거대한 실내. 대전은 기사들의 연무장으로 쓸 수 있을 만큼 넓었다.

그곳의 중앙이자 가장 끝으로 두 마리의 황금 드래곤의 문양이 가득한 의자에 앉아 있는 안톤 황제가 보였다. 또한 루슬릭은 그의 옆을 지키고 서 있는 익숙한 기사의 얼굴을 볼 수 있었다.

"거 피곤하게도 꽁꽁 숨어들 계셨군."

루슬릭은 그렇게 말하며 오딘을 바라봤다.

"오랜만이네."

"……."

오딘은 대답이 없었다. 하지만 루슬릭은 그가 정확히 자신을 보고 있음을 알고는 씩 웃었다.

대전 안에는 근위기사들이 넓게 퍼져 있었다. 황제를 중심으로 그들은 언제든 싸울 수 있는 준비를 하고 있었다.

그 수가 정확히 백 명.

병사들은 없었다.

오직 기사들만을 대동한 채 황제는 루슬릭을 비롯한 용병들을 맞았다.

"오딘 넌 멀쩡하네?"

루슬릭은 혹시나 오딘도 다른 기사들처럼 붉은 피부를 가지고 있으면 어떻게 하나 싶었다. 만약 그가 흑마법을 통한 실험으로 힘을 얻었다면 아무리 루슬릭이라 하더라도 그를 이길 가능성이 없었다.

흑마법의 실험과 맞지 않았기 때문인지, 아니면 오딘 스스로가 실험을 거부한 것인지는 알 수 없었다. 아마도 후자라고 생각되었지만, 어쨌거나 루슬릭에게는 희소식임이 분명했다.

"다른 놈들은 대충 스물 정도 되나?"

루슬릭은 기사들 사이에서 붉은 피부를 가진 기사들을 하나하나 훑어봤다.

대전 밖에 있는 붉은 피부의 기사들이 총 서른이고 이 자리에 스물이 있다. 아마도 이들 모두가 제1 근위기사단원이 되었을 것이다.

"토르."

"무슨 말을 하려는지 알겠소."

쾅ㅡ!

토르가 기사들을 둘러보며 대답했다.

"이놈들은 우리가 맡지."

"죽지 말고 있어라. 저 새끼 모가지만 틀어쥐면 다 끝날 테니까."

"죽지 않을 거요. 우리가 죽일 거니까."

토르는 그 어느 때보다도 투지를 불태웠다.

용병 왕국이 지금껏 그 고생을 한 것도, 함께한 단원들이 죽어간 것도 모두 이 자리까지 오기 위함이었다.

이 자리에서 황제를 사로잡고 전쟁을 끝낸다.

그것이 이 자리까지 루슬릭을 비롯한 단원들이 온 이유였다.

"그럼 잘 좀 부탁한다."

"……뭔 일입니까? 단장이 부탁한다는 말도 하고."

"그냥 잘 좀 하라는 소리야."

저벅ㅡ!

루슬릭이 안톤 황제와 오딘이 있는 곳으로 다가갔다. 그러자 그 주위에 있던 근위기사들이 루슬릭을 향해 다가왔다.

"너희는 우리와 이야기 좀 하지."

쾅ㅡ!

카캉ㅡ!

토르를 비롯한 단원들이 근위기사들을 향해 달려들었다. 근위기사들은 루슬릭을 경계하려다 용병들이 움직이기 시작하자 공격을 분산시킬 수밖에 없었다.

"오게 내버려 두거라."

그때 안톤 황제의 목소리가 대전을 울렸다. 기사들은 흠칫하더니 루슬릭이 안톤 황제를 향해 가는 것을 더 이상 제지하지 않았다.

황제의 옆에는 오딘이 있었다.

그들에게 있어서 오딘이란 존재는 절대적이었다. 그가 있는 이상 결코 황제를 해할 수는 없었다.

더군다나 황제 그가 스스로 루슬릭을 보고 싶어하였다.

결국 근위기사들은 루슬릭을 내버려 둔 채 다른 단원들과의 싸움을 이어갔다. 붉은 피부의 기사들이 단원들을 향해 맹공을 퍼부었지만, 단원들은 서로 협력해 그들을 상대했다.

저벅ㅡ!

루슬릭은 싸움터를 조용히 걸어 안톤 황제의 앞으로 다가갔다. 안톤 황제는 루슬릭이 일정 거리 안으로 들어오자 손을 들었다.

그러자 루슬릭이 걸음을 멈췄다.

"말을 잘 듣는구나."

"마지막 유언 정도는 들어줘야지."

"자신감이 대단하군."

"너야말로 저 녀석 믿고 너무 겁 없는 것 아니야?"

루슬릭은 오딘을 힐끔 바라보며 물었다. 그러자 안톤 황제가 헛웃음을 지었다.

"그래, 맞다. 짐은 오딘을 믿는다. 또한 나의 기사들을 믿는다."

"왜? 니들이 이길 것 같아서?"

"저들은 인간의 한계를 넘어선 힘을 가지고 있다. 아무리 너희가 강하다 해도 이길 순 없다."

그렇지 않아도 제1 근위기사단의 실력은 출중했다. 어지간한 영지의 기사단장 자리를 꿰찰 정도의 인물들로 가득했다.

그런 이들이 흑마법으로 인해 더욱 강한 힘을 가지게 되었다. 아무리 루슬릭 밑에 있는 단원들 개개인이 강하다 해도 붉은 피부를 가지게 된 근위기사단을 이길 수는 없었다.

"그래? 난 그렇게 생각 안 하는데."

"대체 무슨 자신감이지?"

"뭐… 개개인으로 보면 어떨지 몰라도 저것들은 다 같이 싸울 때 훨씬 강하거든."

루슬릭의 단원들은 이십 년이 넘도록 함께 싸워왔다. 등을 맞대고 숱한 전장 속에서 살아남아 왔다.

개개인의 실력 또한 발군이지만 각자 사용하는 무기도 다르고 성향도 다르며 장기가 달랐다. 그리고 그 장점들을 살려 서로를 돕고 도움을 받았다.

그들은 합공이 특기였다. 아무리 근위기사단이 강하다 한들 쉽게 밀리지 않을 것이다.

"뭣보다 내가 너만 잡으면 다 끝나는 것 아닌가?"

"하하핫! 그렇지. 그렇고말고. 짐이 황제이니 말이야."

"재수 없긴 한데, 맞는 말이니 넘어가지. 야, 오딘."

루슬릭은 황제의 옆에 있는 오딘에게로 시선을 돌리더니 말했다.

"안 덤벼?"

그의 도발에 오딘이 눈을 번뜩였다.

그의 시선이 황제에게로 돌아가는 순간,

"상대해 주거라."

"……감사합니다."

턱-!

황제의 권좌가 있는 계단 위에서 오딘이 걸어 내려왔다. 그는 루슬릭을 향해 다가가며 입을 열었다.

"그간 실력은 많이 늘었는지 모르겠군."

"늘었지. 그때가 벌써 몇 년 전인데."

"그때와 같다면 넌 살아남지 못할 것이다."

"염병. 꼴값을 떨어요."

스윽ㅡ!

루슬릭이 먼저 움직이기 시작했다.

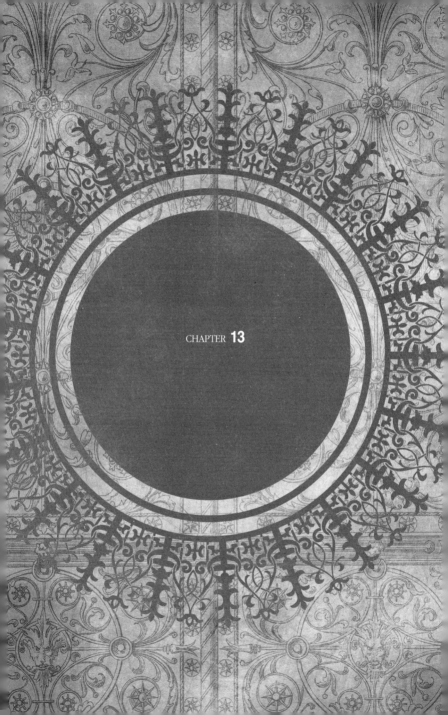

CHAPTER **13**

쐐애액—!

콰콱!

루슬릭과 오딘의 싸움에 용병들과 싸우던 기사들은 멍한 표정으로 눈앞에 펼쳐진 광경을 바라봤다. 아무리 보고 또 봐도 도저히 자신의 눈앞에 펼쳐진 광경을 믿을 수가 없었다.

기괴한 모습의 검 한 자루가 춤을 춘다.

그 모습이 보였다 싶을 때, 어디선가 다른 검이 나타나 검을 쳐 내었다.

콰쾅—!

두 자루의 검이 부딪치자 금속음을 대신해 폭음이 울리는 것 같았다. 두 발로 우뚝 서서 두 눈으로 보고 멀쩡한 두 귀로 들으면서도 믿기 어려웠다.

쾅!

화들짝 놀란 기사 한 명은 다시 시선을 돌려 오른쪽 전방을 바라봤다. 어느새 사라진 두 개의 검이 방금 전 부딪친 곳과 멀찍이 떨어진 곳에서 부딪치며 또다시 폭음을 내고 있었다.

한 곳에서 검끼리 부딪쳤다 싶으면 또다시 멀리 떨어진 곳에서 검이 부딪친다. 기사들의 눈에 보이는 장면은 검과 검이 부딪치는 그 한순간뿐, 그 외에 루슬릭과 오딘이 움직이는 모습은 보이질 않았다.

"대단하군."

안톤 황제는 나직한 감탄을 내뱉었다. 두 눈에 펼쳐진 광경은 그가 지금까지 봐온 그 어떤 기사들의 대련보다도 훌륭했다.

소문으로 듣긴 했다.

루슬릭.

그의 실력은 소문으로만 들었다. 용병왕과 비견되고, 오딘은 스스로와 비교했다.

허황된 이야기라 생각했다. 하지만 그것은 사실이었다.

그는 충분히 오딘과 비견할 만한 검사였다.

또한 그의 밑에 있는 용병들은 어떠한가?

어떤 이는 초원의 전사처럼 우직하고, 어떤 이는 기사처럼 정직하며, 각양각색의 색을 가지고 있었다.

단순히 기사라는 틀로 하나가 되어 있는 근위기사단보다 더 쓰임이 많고, 타인의 피를 갈취하여 더욱 강해진 붉은 피부의 기사들과 비교해도 실력이 뒤떨어지지 않았다.

탐이 났다.

루슬릭 그와 그의 단원들이.

그들의 목적이 자신의 목숨이라 하나 그런 것은 이미 잊힐 만큼 그는 탐욕으로 가득 차고 있었다.

＊　　　＊　　　＊

"큭!"

루슬릭이 짧게 신음을 흘리며 검을 앞으로 내질렀다 그러자 어느새 바짝 쫓아온 검 한 자루가 루슬릭의 검을 아래에서부터 쳐 냈다.

챙ㅡ!

다른 이들의 귀에는 폭음으로 들리겠지만, 루슬릭의 귀

에는 검과 검이 부딪치는 금속음이 확실하게 들렸다. 움직임 또한 다른 이들의 눈에는 잔상처럼 보이겠지만, 루슬릭의 눈에는 오딘이 움직이는 모습이 확실히 보였다.

하지만 그것은 오딘 역시 마찬가지였다.

검을 회수하며 루슬릭은 빠르게 몸을 뒤로 뺐다. 하지만 오딘은 그걸 그냥 두고만 보지 않았다.

어느새 오딘이 지척까지 쫓아와 검을 휘두르고 있었다. 루슬릭은 표정을 와락 구기며 중얼거렸다.

"썩을……."

뒷말을 잇지 못한 루슬릭은 황급히 몸을 틀어 오딘의 검을 피해냈다. 그 과정에서 어깨가 살짝 베어나갔다.

약간의 부상으로 얻은 틈새를 향해 루슬릭이 검을 휘둘렀다. 뻗어간 검은 뱀처럼 휘어져 오딘의 몸을 감듯이 사방에서 베어갔다.

쐐애액─!

루슬릭의 검이 자신의 몸을 휘감으며 다가오자, 오딘은 눈을 빛내며 앞으로 성큼 나섰다. 당연히 뒤로 물러설 것이라 생각한 루슬릭은 당황했지만 검을 회수하지는 않았다.

스걱─!

루슬릭을 향해 앞으로 나아가는 오딘이 상처를 입었다. 단단한 갑옷과 함께 오른쪽 어깨가 길게 베어져 나간 것이다.

하지만 얕았다. 피가 많이 나지 않는 것만 봐도 알 수 있었다.

"후욱!"

짧게 숨을 들이쉰 오딘이 땅을 박차며 앞으로 나섰다. 오딘의 눈이 날카롭게 빛나며 동시에 검이 아래에서부터 길게 위로 올라왔다.

쐐애액―!

"흐읍!"

헛바람을 들이켜며 루슬릭은 몸을 크게 뒤로 젖혔다. 잘못하면 몸이 양단될 뻔한 공격이었다.

오딘 역시 방금 전 공격으로 끝을 낼 생각은 없었는지 몸을 더욱 깊숙이 파고들며 몸을 뒤로 빼느라 중심을 잃은 루슬릭에게 연이어 공격을 감행했다.

'미치겠군.'

어깨에 작은 검상을 남긴 것까지는 괜찮았다. 하지만 그 후가 문제였다.

작은 상처를 주는 것 대신 전체적인 균형이 깨어져 버렸다. 오딘의 검이 매섭게 억압해 들어오니 한번 깨진 균형을 바로 세우는 것조차 힘들었다.

스윽―!

"제길!"

오딘의 검이 아래로 향한다 싶더니 허벅지를 길게 베고 지나갔다. 오딘의 어깨에 난 상처와는 달리 꽤나 깊었다.

그 뒤로도 오딘의 공세는 끝나지 않았다. 루슬릭은 검을 굳히며 방어를 하고, 오딘은 그 위로 검을 매섭게 뿌렸다.

콰콰쾅—!

결국 루슬릭은 두 발을 땅에 붙이고 서서 오딘의 공세를 막았다. 이리저리 발을 움직이며 오딘의 공격을 막자니 무리였고, 모든 신경을 공격을 막는 데에만 집중해야 할 판이다.

그렇게 두 발을 땅에 붙이고 서서 방어에 전념하자 잃어버린 균형이 다시 맞춰졌다. 다른 이들에게는 아주 짧은 찰나의 시간이겠지만, 루슬릭과 오딘에게는 그 찰나 같은 시간이 길게만 느껴졌다.

루슬릭이 다시 반격에 들어섰다.

"후욱!"

깊게 숨을 들이쉰 루슬릭이 몸을 한계까지 아래로 숙였다. 동시에 오딘의 검이 허공을 베고, 루슬릭이 오딘의 가슴을 올려다보았다.

턱—!

루슬릭이 손을 뻗어 오딘의 팔을 잡았다. 달리 대응할 시간도 주지 않고 루슬릭은 그대로 한 팔만으로 오딘의 몸을 번쩍 들어 올렸다.

쉬이이이익—!

루슬릭은 그대로 다른 한 손에 들고 있던 검을 허공에 떠 있는 오딘을 향해 찔러갔다.

허공에 있는 오딘은 자유롭게 몸을 움직일 수 없었다.

하지만 루슬릭의 검이 찔러갈 때 오딘의 검 또한 놀고만 있지는 않았다.

째앵—!

오딘의 검이 루슬릭이 찌른 검을 쳐 냈다. 그 어느 때보다도 빠른 극한의 쾌검이었다.

한 번의 공격을 실패했지만 그렇다고 해서 루슬릭의 공격이 끝난 건 아니었다. 허공으로 들어 올려 내던졌던 오딘의 몸이 균형을 잃고 아래로 떨어지는 순간이었다.

사악—!

루슬릭의 검이 오딘의 몸을 반으로 베어낼 것처럼 아래로 갈라갔다. 눈이 어두운 이가 본다면 오딘의 몸이 반으로 갈라지는 것처럼 보였을 것이다.

하지만 오딘은 그대로 당하고만 있지 않았다. 오히려 허공에서 떨어지는 와중에 반격을 가했다.

깊게 찔러가는 검.

루슬릭은 급히 검을 회수하며 뒤로 물러났다. 그러면서

오딘의 가슴 쪽을 바라봤다.

"쳇."

루슬릭은 아쉽다는 듯 짧게 혀를 찼다. 급하게 임기응변
으로 대응한 것치고는 오딘의 방어가 생각보다 단단했다.

적잖은 검상을 입힐 수 있는 기회라 생각했는데 갑옷을
베고 얕은 검상을 입히는 것에 그치고 말았다.

오딘은 재빨리 자세를 바로잡고는 루슬릭을 바라봤다.
여전히 그의 눈동자는 차분하기 그지없었다.

"그러고 보니 검술뿐만이 아니라 격투술에도 일가견이
있었지."

"이제 기억났냐?"

"그래, 잠시 잊고 있었다. 다음부터는 조심해야겠군."

"그거 좀 피곤한 이야기네."

루슬릭은 그렇게 말하더니 아릿하게 느껴져 오는 통증에
오른쪽 어깨를 바라봤다.

어느새 기다란 검상이 나 있었다. 깊진 않지만 피가 뚝뚝
흐르고 있었다.

"쳇."

언제 베인 것일까? 아무래도 방금 전 공방에서 역으로 오
딘이 반격한 모양이었다.

"마냥 쉬고 있지만은 않은 모양이구나."

쩍—!

오딘은 가슴 쪽으로 베어진 갑옷을 거칠게 뜯어 바닥에 내팽개쳤다. 갑옷 안쪽으로는 매끈한 가죽으로 덧댄 옷이 검상에서 흘러나온 피에 젖어 있었다.

루슬릭은 다시금 그 상처를 바라보더니 입맛을 다셨다. 조금만 더 깊었다면 치명적인 상처를 입힐 수 있었을 텐데.

"그러는 넌 전보다 못한 것 같다?"

"조금 오래 쉬긴 했지. 하지만……."

쉬익—!

오딘의 모습이 사라지더니 어느새 루슬릭의 눈앞에 나타났다.

"아직 죽지는 않았다."

쩌엉—!

거칠게 휘두른 검이 루슬릭의 몸을 밀어냈다. 급하게 반응해 검을 막아낸 루슬릭의 몸이 허공으로 들리더니 몇 미터나 뒤로 튕겨져 날려갔다.

어마어마한 힘.

오딘의 힘은 토르나 베어그와 비교해도 절대 뒤지지 않았다.

아니, 오히려 더 강했다.

더군다나 그 힘을 제대로 활용할 수 있고, 검에 무게를

실을 줄 알았다. 검술 실력 역시 용병왕과 비교해도 더 뛰어나면 뛰어나지 결코 떨어지지 않았다.

루슬릭보다 강한 힘을 가지고 있고, 용병왕보다 뛰어난 검술 실력을 가지고 있다. 어디 하나 부족한 게 없이 모든 점에서 최고였다.

그것이 바로 오딘이었다.

제국 제일, 대륙 제일.

전쟁터에서 처음 오딘을 만났을 때 루슬릭은 그에게 연거푸 당하기만 했다.

운이 좋아 치명적인 일격을 한 방 먹일 수는 있었다. 그 덕분에 루슬릭은 살아남을 수 있었다.

겉으로 보기에는 무승부.

하지만 루슬릭은 그것이 무승부가 아님을 알 수 있었다.

백 번 싸운다면 구십구 번은 자신이 질 것이다. 다른 한 번은 겨우 무승부를 이룰 수 있을 것이다.

무승부라는 결과는 그 백 번 중의 하나라는 기적이 일어났을 뿐이다. 그것을 무승부라고 말하기엔 너무나도 부끄러운 일이었다.

오딘, 그는 루슬릭이나 용병왕보다 강했다. 그는 루슬릭이 인정하는 대륙 제일의 검사였다.

그런데……

"아무래도 예전 같지 않은데?"

쩡―!

루슬릭의 검이 오딘의 검을 아래에서 위로 쳐 냈다. 동시에 그의 발이 위로 올라가 오딘의 어깨를 강타했다.

퍼억―!

오딘의 몸이 휘청거렸다. 루슬릭은 그 틈을 놓치지 않고 오딘의 품으로 파고들었다.

검과 검이 닿기 어려울 만큼 가까운 거리. 오딘은 당황하며 뒤로 물러나려 했다.

"역시 너도 이런 건 익숙하지 않지?"

턱―!

루슬릭이 오딘의 상체에 걸쳐 있는 가죽 옷을 잡았다.

그리고,

퍼억―!

루슬릭의 주먹이 오딘의 안면을 강타했다.

"커억!"

뒤로 휘청거리는 오딘을 향해 루슬릭은 주먹을 멈추지 않았다. 검을 휘두를 수 있는 거리를 주지 않고 오직 주먹만으로 대응했다.

퍼억― 퍽―!

이쯤 되니 오딘 역시 어쩔 수 없이 검보다는 주먹에 의지

할 수밖에 없었다. 몸을 흔들어 주먹을 피하고 마찬가지로 주먹을 내뻗었다.

하지만 천생 기사인 그가 언제 주먹을 휘둘러 봤겠는가?

오딘의 주먹은 빠르긴 했지만 단순했다. 그 정도라면 피하는 게 그리 어렵지 않았다.

결국 거리를 좁히지 못한 채 루슬릭의 손아귀가 오딘의 목을 잡아챘다.

꽈아악—!

"컥!"

루슬릭의 손아귀가 오딘의 목을 졸랐다. 단단한 돌덩이도 가루로 만들 수 있는 악력이다. 보통 사람이라면 단숨에 목이 부러질 만한 힘이었지만, 오딘은 숨통이 조여드는 정도에서 그쳤다.

"그 당시 넌 전쟁 기사였지. 국경의 잦은 분쟁에 참여해 전쟁을 승리로 이끄는 전쟁 영웅. 제국 제일이자 대륙 제일의 검사로 거론되던 것도 그 당시 일이지."

오딘.

그는 기사였지만 보통의 기사들과는 달리 숱한 싸움을 거쳐 온 전쟁 기사였다. 루슬릭과 싸운 것도 바로 그런 전쟁터에서의 일이다.

오딘은 강했다. 루슬릭과 비교해도 실전이나 전쟁 경험

이 결코 뒤처지지 않았다.

하지만 그는 루슬릭과의 싸움 직후 황실 근위기사단의 일원이 되었고 황제의 곁을 지키는 근위기사단장이 되었다.

실전?

황제의 곁에 있는 이상 그런 것을 할 수 있을 리가 없었다. 역모라도 일어나지 않는 이상은 말이다.

훈련을 게을리 하지는 않았겠지만 그렇다고 해서 격렬한 싸움을 할 일도 없었다. 마땅히 상대할 만한 상대도 없었다.

예전 같으면 루슬릭이 육탄전을 걸어온다 하더라도 유연하게 대처했을 것이다. 전쟁터에서는 하나의 검만이 아니라 수백, 수천의 적을 상대해야 한다.

검, 창, 활, 심지어는 돌멩이도 날아온다.

육탄전? 무수히 많은 종류의 무기에 비하면 그 정도는 대처하기 어려운 것이 아니다.

하지만 오딘은 지난 몇 년간 근위기사들 간의 대련 외에는 제대로 싸움을 하지 못했다.

그리고 그런 습관은 실전에서도 고스란히 드러났다.

루슬릭 역시 당황스럽긴 마찬가지였다.

설마하니 오딘이 이렇게까지 약해졌을 줄이야. 스스로가

그 당시에 비해 강해진 것도 있지만, 오딘이 약해진 탓이 더욱 컸다.

"……실망이군."

루슬릭이 쓰게 웃었다.

오딘은 이를 악물며 루슬릭의 손아귀로부터 벗어나려 했다. 하지만 한 번 목을 움켜잡은 루슬릭은 오딘이 자신의 손목을 비틀건 말건 아랑곳하지 않고 그의 숨통을 조였다.

이윽고,

털썩ㅡ!

루슬릭이 오딘의 목을 잡고 있던 손을 놓자 그의 몸이 아래로 힘없이 떨어졌다. 숨통을 조여오던 힘을 감당하지 못하고 절명한 것이다.

서걱ㅡ!

투둑ㅡ!

루슬릭의 검이 바닥에 쓰러져 있는 오딘의 목을 베었다. 혹시라도 살아 있을 수 있으니 확인 사살을 한 것이다.

"오딘!"

루슬릭과 오딘의 싸움을 지켜보던 안톤 황제가 자리에서 벌떡 일어났다.

방금 전까지의 그 여유로운 모습은 온데간데없었다. 지금 이 순간 그는 그토록 믿어 의심치 않던 오딘이 죽었다는 사실이 경악스럽고 당혹스러웠다.

"자, 이제 널 지켜주던 놈이 뒈졌으니 어쩔래?"

루슬릭은 여유롭게 안톤 황제를 향해 한 걸음씩 다가갔다. 안톤 황제는 서둘러 주위를 둘러보며 외쳤다.

"막아라! 막아! 이 녀석을 죽여라!"

그러나 안톤 황제의 외침에 곧장 다가오는 기사는 없었다.

"넌 눈이 없냐?"

루슬릭은 주위를 둘러봤다.

"봐봐. 우리가 이겼잖아."

"말도… 안 돼……."

쉬익, 턱―!

루슬릭의 몸이 날아 안톤 황제의 앞에 착지했다.

안톤 황제는 저항할 생각도 하지 못했다. 오딘이 죽었고, 기사들은 루슬릭의 단원들에게 압도되었다. 안톤 황제, 그는 폭군이었지만 스스로의 힘은 평범한 병사 하나만도 못했다.

"자, 그럼……."

루슬릭의 손이 안톤 황제의 목으로 향했다.

"우리가 이긴 거 맞지?"

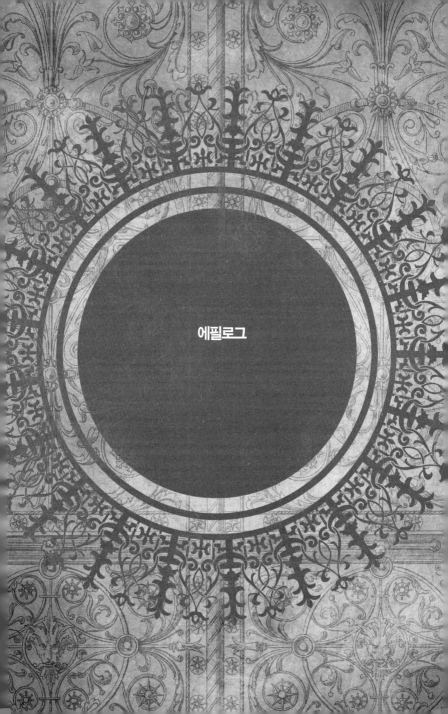

에필로그

Return of the 용병귀환 *Mercenary*

용병들의 라할라 함락!

용병왕을 비롯한 천여 명의 용병이 안톤 제국의 수도를 침공하여 오딘을 죽이고 안톤 황제를 사로잡았다.

제국은 내부에서 공격을 받았다. 또한 외부에서는 네리어드를 선두로 한 왕국 연합이 제국의 문을 두드렸다.

안톤 제국.

제국 제일의 기사를 잃었고, 황제가 볼모로 잡혔다. 제국의 수도는 용병들에게 함락당했다.

더 이상 전쟁은 무의미했다.

왕국 연합의 승리였다.

* * *

할리스 백작가.

아니, 이제는 후작가가 된 그곳에는 천 명이 넘는 용병이 즐비하게 늘어서 있었다.

"단장은 아직 안 왔어?"

"그 인간이 언제 제 시간에 오는 거 봤어? 그냥 이제 그러려니 해."

"뭐, 이 새끼야?"

"허억!"

갑작스럽게 뒤에서 나타난 루슬릭의 모습에 카사크가 움찔해서 몸을 숙였다. 일제히 늘어서 있던 천 명의 용병들은 그 모습을 보곤 하하 웃었다.

"웃냐?"

그리고 찾아온 정적.

루슬릭은 그 모습을 보며 피식 웃더니 물었다.

"무슨 의뢴데 이놈들을 다 모았어?"

"왜, 안톤 제국에서 전에 흑마법사 놈들을 끌어들였잖습니까? 그놈들 잔당 소탕 의뢰입니다."

"그놈들 아직 다 안 잡혔어? 벌써 2년이 지났는데."

베가의 보고에 루슬릭은 눈살을 찌푸렸다. 안톤 제국이 사라진 지 벌써 2년이 지났는데도 아직 그 흔적이 남아 있던 것이다.

"그래서 보수는?"

"아르만 공작님께서 두둑이 챙겨주시겠지요."

"이거 아직 정신 못 차렸네? 그러다 뒤통수 까인다. 그 영감, 나 몰래 영감님이랑 작당한 거 기억 안 나냐?"

2년 전, 용병왕에게 의뢰를 넣은 사람이 바로 아르만 공작이었다. 루슬릭은 물론 칸투 국왕을 제외한 거의 모든 사람에게 보안을 지킬 만큼 극비리에 진행된 일이다.

이해할 순 있었다. 하지만 머리를 얻어맞았다는 느낌은 아직까지도 여전했다.

"뭐, 그 덕분에 이렇게 제라스 용병단도 부활하고 다 잘되지 않았습니까?"

제라스 용병단.

루슬릭이 2년 전 안톤 황제를 사로잡은 공을 인정받아 새로이 부활한 용병단이다.

애초에 용병 왕국과 왕국 연합의 관계를 감추기 위해 희극처럼 사라졌던 용병단이지만, 루슬릭의 제안으로 다시 부활하게 된 것이다.

"시끄럽고, 출발 준비는 다 됐지?"

"단장이 제일 늦었습니다."

"……그냥 그렇다고 하면 되지 지금 시비 거냐?"

"시정하겠습니다."

베가는 몸을 뻣뻣이 세우며 대답했다. 그의 대답에 루슬릭이 피식 웃으며 말에 올라탔다.

루슬릭이 도착함에 베가는 인원을 파악했다. 일반 평단원과 부단장들을 세어보던 중 베가가 물었다.

"루나는 어디 있지?"

"루나 선배는 이번 의뢰 안 나갑니다."

파이온이 자신의 창을 깨끗이 닦으며 대답했다. 의뢰에 빠진다는 대답에 베가가 물었다.

"왜지?"

"좋은 일이 있거든요."

"좋은 일?"

베가의 물음에 카사크와 파이온의 시선이 루슬릭에게로 향했다. 그 두 사람의 의미심장한 시선에 루슬릭이 고개를 돌려 목을 긋는 시늉을 했다.

그러자 파이온과 카사크는 그의 시선을 피하며 다시 고개를 돌렸다. 두 사람의 반응에 베가는 얼떨떨한 표정으로 물었다.

"대체 무슨 일이지?"

베가의 물음에 파이온이 음흉한 표정으로 답했다.

"그냥 그런 일이 있습니다."

『용병귀환』 완결

초대형 24시 만화방

신간 100%, 샤워실, 흡연실, 수면실(침대석), 커플석, 세탁기 완비

▪ 일산 정발산역점 ▪

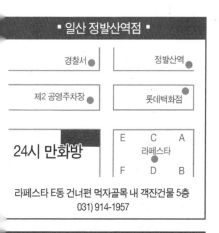

라페스타 E동 건너편 먹자골목 내 객잔건물 5층
031) 914-1957

▪ 강북 노원역점 ▪

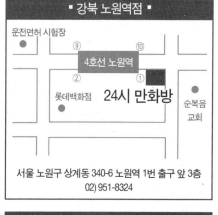

서울 노원구 상계동 340-6 노원역 1번 출구 앞 3층
02) 951-8324

▪ 부천 역곡역점 ▪

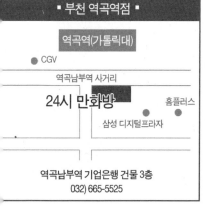

역곡남부역 기업은행 건물 3층
032) 665-5525

▪ 부평역점 ▪

(구)진선미 예식장 뒤 보스나이트 건물 10층
032) 522-2871

무경 新무협 판타지 소설

암제귀환록

마흔에 이르기도 전에 얻은 위명.
암제(暗帝).

무림맹의 충실한 칼날이었던 사내.
그가 무림맹 최후의 날에
모든 것을 후회하며 무릎을 꿇었다.

"만약 그때로 돌아갈 수 있다면……."

사내의 눈이 형용할 수 없는 빛을 토했다.

"혈교는 밤을 두려워하게 될 것이다!"

Book Publishing CHUNGEORAM

유행이 아닌 자유추구 -
WWW. chungeoram.com

박선우 장편 소설
FUSION FANTASTIC STORY
PERFECT GAME
퍼펙트 게임
고통과 좌절의 시간들을 뛰어넘어
불사조처럼 일어나 세계를 제패한 사나이의 일대기.
대한민국을 넘어 메이저리그를 평정하며
명예의 전당에 헌정된 언터처블 투수, 이강찬.
강철 같은 어깨에서 뿜어져 나오는 그의 패스트볼은
무적이었으며 야구계에 길이 남을 신화였다.
야구만을 사랑했던 고독한 사나이.
그의 퍼펙트게임이 이제 시작된다!
Book Publishing CHUNGEORAM
www.chungeoram.com

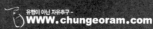